溺れる神の愛し方

生贄の巫女は白き水に囲われる

星　霄　華

S Y O U K A　S E I

JN250302

一迅社文庫アイリス

CONTENTS

火守《ひもり》
雪峰の右腕として活躍する鬼族の青年。
情に厚く面倒見がよいため、苦労しがち。

御影《みかげ》
雪峰の配下で千鈴の護衛をしている水神。
千鈴の行動に常に目を光らせている。

宵霧《よいぎり》
春裾領の地主神。
傲慢で残酷な神として知られている。

白雪《しらゆき》の大山祇《おおやまつみ》
太古に生まれた大山脈そのものの神。
雪峰や宵霧などの地主神の主君。

小春《こはる》
赤坂の里の薬師もしている巫女。
千鈴の友人でもある鬼族の女性。

溺《おぼ》れる神の愛し方

生贄の巫女は白き水に囲われる

CONTENTS

用語解説

《地主神》 白雪の大山祇から山々の統治権と、その証である四つの白い勾玉を与えられた神。統治する地の揉め事の調停や天候の調整などを行っている。

《瀧ヶ峰領》 白神川を中心とした大山脈の東にある地域。特出する特産物がない領地。

《春裾領》 瀧ヶ峰領の隣の領地。良質な翡翠が採れることで有名な地。

《滝壺御殿》 雪峰が地主神として働く際に使用している場所。多くの神や妖が仕えて仕事をしている。

《赤坂の里》 瀧ヶ峰領にある妖の里。鬼族が暮らしている。

千鈴《ちすず》
雪峰の寵愛を一身に受けている巫女の少女。
さばさばとした性格で、嘘をつくことが苦手。
普段は男装姿で過ごしている。
雪峰《ゆきみね》
瀧ヶ峰領の地主神である水神。
千鈴以外には興味がなく、冷淡な神。
怠け癖もあり、職務放棄は日常茶飯事。

イラストレーション◆由貴海里

Oboreru Kmi no Aiobikoto

序章

少女が少し首をめぐらせると、荒れはてた村の様子が目に入ってきた。

夏なのに稲がほとんどない田畑を端に、誰《だれ》もいない家や、座りこんでほとんど動かない大人や、痩《や》せこけた犬がとぼとぼ歩いている。子供の遊び声だって聞こえてこない。

村のどこにも生気が見当たらない。水気すら失《う》せ、乾いている。

そう、この村にはもう随分と前から雨が降っていないのだ。そばを流れる川の水量は普通よりはるかに少なく、繰り返される大雨と日照りのせいで、去年の年明けからずっとまともに食べることができていない。山の獣や木の実だけで誰もが空腹をしのげるはずもなく、村では次々と人が死んでいた。

飢饉《ききん》。この状態をそう呼ぶのだと少女に教えてくれたのは、家の近所に住んでいた年上の娘だ。村でも評判の美人で、少女は母親がいないので彼女に家事を教わり、手伝ってもらったりしたものだ。これなら嫁の貰《もら》い手に困らないな、と彼女の父親が自慢していたのも聞いたことがある。

だがそんな娘を溺愛《できあい》してやまない父親でも、自分や他《ほか》の家族が生きるためならどんなことでもするのだ。

「私はなんとかやっていくから、貴女《あなた》も死なないでね。……さようなら」

そう儚《はかな》く笑って、少女の手を握った若い娘は男のあとを追っていった。飢えた家族が食べ物と水を得るため、飢饉だと聞いて都からやってきた人買いに売られたのだ。

彼女はこれから都のどこかの店か屋敷に売られて、そこで奉公をするのだという。どんな仕事をさせられるのかはわからない。村に帰ってこられるかどうかも。彼女の生きかたを決めるのはもう、親でも彼女自身でもないのだ。

「仕方ないことなんだよ」

幼馴染《おさななじ》みを見送る少女の隣で、七歳になる次女を先日売ったばかりの女は前を向いたまま呟《つぶや》いた。

「親なら誰だって、可愛《かわい》い子供を売りたくないもんさ。でもこんな村にいさせたって、共倒れするのがおちだろ。だったら都のどこかへ行ってもらうほうがいい。そこで生きててくれれば、それでいい」

「……」

「お前だって、売られたほうがここより少しはましな生活ができるだろうに。男みたいななりと性格だから、お前の父親も人買いも諦《あきら》めたんだろうさ」

痩せ細った女はそう、血走った目で少女を見下ろして毒づく。

少女は、何も言い返すことができなかった。

そう、人買いたちが真っ先に目をつけて買っていくのは、見目のよい娘や青年だ。それも、大人《おとな》しそうな者が好まれた。あとは、力持ちの青年の親にも人買いたちはよく声をかけていた。

繰り返される光景を見ていれば、人買いたちがなんのために彼らを買ったのか、世の中のことをよく知らない少女でもなんとなく推測がつく。

伸ばされた人買いの手を払いのけ、捕らえようとするのにも抵抗した乱暴者の自分が買われるはずもないのだ。

だから、少女は今日《きょう》も山へ向かう。生きていくためには、食べ物と水が必要だから。村にはないのだから、ありそうな場所へ行くしかない。

私はできそこないの女だから――――。

第一章　地主神の巫女

絶え間ない滝の音に、小鳥の鳴き声が混じっている。

まだはっきりとはしないぼんやりとした意識の中、自分は目覚めたのだと理解し、千鈴《ちすず》は音が聞こえてくる横のほうへ首を向けた。何度も瞬《まばた》きを繰り返しながら、目をゆっくりと光に慣らす。

「……」

格子窓から差しこむ光に照らされて真っ白な視界を、千鈴はしばらくのあいだじいっと見つめた。

思考はまだ鈍く、瞼《まぶた》も重い。さらに、身体《からだ》も少々重い。いつものことながら、掛け物から出たくないなあという考えが先に立つ。

けれど、もう朝なのだ。早く起きて、朝食の用意をしなければならない。朝食を作る時間は決まっていて、遅れると鬼に怒られてしまうのだ。朝から怒られず、美味《おい》しい朝食で腹を満たして気持ちよく一日を始めたい。

千鈴は身体にまとわりつく掛け物を恋しく思いながら出て、そっと立ち上がった。大きく伸びをし、あくびもして、眠気がまだ覚めない心身に活を入れる。

今日《きょう》は、というか、今日も、と言うべきか。ともかく、ろくでもない夢を見た。一面の銀世界の中、たちの悪い男に追いかけ回されるはめになったのだ。岩や木々など隠れることができそうな場所は多かったが、隠れた端から見つかってまた逃げる羽目になる。これのどこがまともな夢なのか。追いかけてくる男が楽しそうなのもまた、腹立たしい。

美味しいご飯を食べられるとかそういう幸せな夢を見させてくれる、優しくて気前のいい神様はいないのだろうか。うんざりしながら、千鈴は戸を半分だけ開けた。窓から以上に眩《まぶ》しい光が、部屋の中に入ってくる。

肩に先がつく長さで切り揃《そろ》えられた黒髪、きりりとした目、引き締まった口元。眉《まゆ》は細く、優れた絵師が描いたよう。唇も瑞々《みずみず》しい果実のような色をしている。顔を構成するあらゆる要素が整った、声変わり前後の活発そうな美少年といった容姿だ。

しかしこれでも、千鈴はれっきとした十七歳の少女なのである。肩をいくらか過ぎるあたりまで伸ばしてうなじでくくるという、女性の一般的な髪型にはほど遠くても。男装すれば一層少年に見えること間違いなしでも。凛々《りり》しい外見というだけなのだ。一応は。

そんな千鈴が、壁際にある黒漆の長方形の物入れから今日着る物を見繕おうとしていたときだった。

ざばあ、と戸の向こうから激しい水音が聞こえてきた。さらにいくつかの音がしたあと、速足でこの部屋へ近づいてくる。

あーあ、と千鈴は心の中でため息を吐《つ》いた。窓から見える外の様子からすると、朝食を作るにはまだ少し早いはずなのに。

飽きないよなあ、と千鈴が感想を心の中に呟《つぶや》いた直後。

「千鈴！　起きてるか！」

開けていなかったほうの戸を勢いよく開ける音にふさわしい、太く張りがあって、怒りを隠しもしていない大音声が縁側から飛んできた。部屋の主《あるじ》が寝ているかもしれない、という配慮はまったくないらしい。

そうして縁側から姿を現したのは、鴨居《かもい》に頭をぶつけそうな背丈の男だ。臙脂《えんじ》の髪に緋色《ひいろ》の瞳《ひとみ》。目つきも口から覗《のぞ》く歯も鋭く、地味な色合いの身なりをした褐色《かっしょく》の肌の体躯《たいく》はしなやかで筋肉質、まさしく筋肉の壁である。

何よりも特徴的なのは、その精悍《せいかん》な顔の額を飾る、二本の小さな緋色の角だ。

そう、彼は鬼なのである。名を、火守《ひもり》という。

とりあえずおはようと挨拶《あいさつ》しようとした千鈴をちらりと見もせず、火守は畳の上に放置されたままの、千鈴の掛け物を睨《にら》みつけた。

「やっぱりまだここにいやがったか、この色ぼけ！」

「……そんな大声で怒鳴らずとも、聞こえておるわ。まったく騒々しい」

むくりと起き上がった千鈴の掛け物は、不愉快そうに火守をねめつけ、小さくあくびをした。首元を飾る、真っ白な四つの勾玉《まがたま》が揺れる。

畳の上を這《は》うほど長い豊かな純白の髪、ほんの少しばかり髪と色味が違う白い肌。鮮やかな青緑の瞳、薄い唇。千鈴以上に顔の部品の形も色も配置もすべてが完璧《かんぺき》で、寝起きの気怠《けだる》そうなさますら美しいと、世の女という女は手を合わせて拝むことだろう。火守が荒ぶる力を体現した容姿であるなら、こちらは優美の極みといったふうである。

だが千鈴は、毎晩自分を寝床で抱き枕《まくら》にしている男に惑わされる女ではないのだ。そして、いるべき場所にいない怠けものに怒れる鬼がごまかされるはずもない。

「雪峰《ゆきみね》！　今日は朝から陳情だのなんだのがあるから、地上で日が昇った頃《ころ》には執務室へ来てろって、昨日《きのう》言っといただろうが！　もう集まってきてるぞ！」

「待たせておけばいいだろう。私に陳情したいことがあるのなら、少々待つくらいはできよう」

「それが少々になんねえのがお前だろうが！」

まったく取りあう様子を見せない雪峰に、腰に手を当てて目を吊《つ》り上げた火守は一層がなりたてる。

一向に悪びれることのない雪峰は、それどころか千鈴にとろけるような極上の笑みを向けた。

すると寝間着姿はたちまち薄青の装束に変わり、ほどなくして、髪に藍色《あいいろ》と銀の飾り物をした気品漂う上流貴族となる。

「千鈴、おはよう」

「おはよう雪峰」

一種の芸術品を、しかし千鈴は眉一つ動かさず挨拶を返すだけで留《とど》めた。雪峰のそばに近づき、怒れる火守を振り仰ぐ。

「その陳情だのって、急ぎの仕事なのか？」

「前々から待たせてるやつだ。どこぞの馬鹿《ばか》がとんずらするせいでな」

「……」

今日も朝から仕事放棄する気満々なのか、この神様は。

寝床の上でふんぞり返っている美麗な男を、千鈴は呆《あき》れ顔で見下ろした。

東を向いて翼を広げた烏《からす》のような形をした島国、烏広《うひろ》。その胴にあたる部分の北部に、背骨のように東西を走る大山脈がある。特別な名はない。というより、かつてはあったかもしれないがどんな書物にも記されておらず、誰《だれ》も知らないと言っていいか。ともかくこの大山脈を水源としたいくつもの川は古来より、その流域のあらゆる命を育てても奪いもし、烏広に恵みと災いをもたらしてきた。

そんな大山脈に数ある河川の中でももっとも長く、また尊いとされている白神川《しらかみがわ》を統《す》べる水神が、この雪峰だ。

　しかも、白神川を中心とした瀧ヶ峰《たきがみね》と呼ばれている一帯の統治者でもある。その地域に数多《あまた》いる神と妖《あやかし》の頂点に立ち、統べる力と名のある神――地主神の一柱なのだ。

　したがって、彼に会いたいというものたちも、この瀧ヶ峰領で生《な》った山の神――山祇《やまつみ》や妖ばかり。揉《も》め事の調停や天候の調整など、雪峰に陳情したいことがあるのだろう。

　千鈴は雪峰の前にしゃがみこんだ。

「雪峰……仕事を溜《た》めているなら、行かなきゃ駄目だろ？　雪峰は瀧ヶ峰の地主神なんだから」

「私を屋敷から追い払ってくれるな、千鈴」

　と、雪峰は千鈴の手を握り、指を絡めてとろりと笑んだ。

「そのようなことより、そなたとの時間のほうが私には大切なのだ。このところ、あまり話せていないだろう？」

「そうだけど……でも、雪峰が陳情をほったらかしにして、話が余計にややこしくなって解決に時間がかかるほうが、あとで面倒だと思うぞ。雪峰に何か陳情したい奴《やつ》がここに来ても、困るし」

「そのようなことにはならぬ。あとで私が裁けばよいことだ」

「だったら、このあいだのうちに済ませればよかっただろうが」

　正論で指摘する火守の目は、そろそろ危険水域の光を宿していた。こめかみに血管が浮き上

がっている。

千鈴は心の中でため息を吐くと、指を絡められていないほうの手で雪峰の装束の袖《そで》を引っ張った。

「……夜に早く来ればいいから、仕事、ちゃんとしろ？」

「おい」

火守が小声でつっこみを入れるが、千鈴は無視する。特に問題発言をしたとは思えないし、今大事なのは雪峰を宥《なだ》めることだ。

千鈴が首を傾けてじいっと見つめること、数拍。

「……千鈴が言うなら、仕方ないな」

嬉《うれ》しそうに、幸せそうに笑み、雪峰は千鈴の目尻《めじり》に唇を寄せた。さらに抱きしめられても、千鈴はされるがままだ。いつものことながら、猫か何かになったような心地になる。まあ、これはこれで嬉しいのだが。

額に口づけて千鈴を解放すると、雪峰は開け放たれた戸から庭園へと下りた。千鈴はなんとなく、その後ろに続く。

二人が歩く先にあるのは、滝だ。落差は人の身の丈をゆうに越していて、半円に近い形の滝《たき》壺《つぼ》は緑が濃い半透明の青。底に沈んだ数本の木の幹が見えるほど、水が澄んでいる。

雪峰は滝壺の縁へと歩いていくと、手を滝の水面にかざした。すると三拍もせず、派手な水音をたてて水面から何かが宙へ飛び出してくる。

それは、人が乗れるほど大きな青白い魚だった。全体としては鯉《こい》に似た外見だがあらゆるひれが長く、薄絹のように美しい。

雪峰が乗り物としてそばにおく妖、琳《りん》だ。

琳が目の前までやってくると、雪峰はふわりと浮いてその背に乗った。

「では、行ってくる」

「うん、いってらっしゃい」

雪峰の笑みに千鈴は応《こた》える。それから琳は優雅に身をひるがえして、また滝へ飛びこんでいった。ここから、雪峰の本来の住まいである滝壺御殿へ向かうのだ。

千鈴が室内へ戻ると、火守が複雑そうな表情で頭をかいていた。

「……いつも言ってるが、ああいう方向であいつを宥めるのはまずいと思うんだがな」

「なんでだ？　私が雪峰と一緒に寝るのはいつものことだろ。ただの添い寝で、言っちゃいけないことをするわけでもないし。それに、ああ言わないと雪峰は仕事に行かないじゃないか」

「……」

千鈴が言い返すと、火守はう、と言葉に詰まった。

「火守もいい加減、一々こっちへ怒鳴りこむのをやめればいいのに。どうせ雪峰は火守が怒っても、仕事をしたがらないんだし」

「そう思うなら、とっとと滝壺御殿のほうに戻ってくれ。そうしたら俺《おれ》も一々ここへ怒鳴りこまずに済む」

「やだ。それに私が滝壺御殿へ戻るなんて、雪峰が許すわけないだろ。私をあそこにいさせないために、ここを職人に建てさせたんだから」

千鈴は即答した。

二年ほど前のある日。滝壺御殿に住んでいた千鈴は、雪峰に仕える火の女神に殺されそうになった。雪峰が私室に囲って甘やかす千鈴への嫉妬《しっと》という、実にありふれた、つまらない理由からだ。

さいわい未遂に終わったが、火の女神を自ら滅ぼした雪峰は、滝壺御殿に千鈴を住まわせることはできないと考えた。その結果がこの屋敷だ。そして約ふた月前に完成してからというもののほぼ毎日、千鈴の寝床へもぐりこんでくるのである。

とはいえ、雪峰が千鈴を抱き枕にして眠ることそのものは、千鈴が雪峰の私室で寝起きしていた頃からの習慣だ。朝目覚めるやああして駄々をこね、火守を怒らせ、千鈴に構われると満足してまた執務へ向かうのも、その頃から続くもはや朝の儀式と言っていい。

そんな馬鹿馬鹿しい日常茶飯事を、千鈴が滝壺御殿へ戻ったところで、雪峰がやめるはずもない。千鈴としても、外へ出るのが面倒な滝壺御殿でまた暮らすのは御免だ。

あのくだらない騒動の一部始終を知るだけに、火守は強く言えないようだ。だよなあ、と両腕を組んで長い息を吐き出す。

「……飯、作るわ。お前は着替えてから来い……って俺がいるうちから着替えんな馬鹿！　せめて几帳《きちょう》の後ろでしろ！」

後頭部をかきながら部屋を辞そうとした火守は、何気なく振り向いた先で千鈴が寝間着を脱ごうとしているのを見て、怒鳴った。

千鈴は着替えの手を止め、目を瞬かせた。

「なんで？　他《ほか》に誰もいないじゃないか」

「女が男の前で着替えるのがおかしいだろうが！　いい加減、几帳の裏で着替えることを覚えろ！」

「と言っても、火守はすぐ部屋から出るんだし、意味なくないか？」

「そういう問題じゃねえだろ！　いいから、俺が出てから着替えろ！」

首を傾《かし》げる千鈴を再び大声で叱《しか》り、火守は私室を出た。すぱんと戸が閉められ、どすどすという廊下の足音が遠ざかっていく。

だが、千鈴にはさっぱり理解できない。火守は大人《おとな》の男鬼、それも地主神の側近で鬼族の女たちに大人気なのだから、大人の女の全裸を見慣れているだろうに。まな板みたいな子供の身体なんて、興味の対象外だろう。千鈴としても、じっくり観察されるならともかく、少しばかり見られる程度ならささいなこととしか思わない。

しかし千鈴の朝食を管理しているのは、実は料理好きな火守なのである。しかも彼が作る料理は、どれも美味なのだ。朝食を作る手伝いに遅れて怒られるのはもちろん、量を減らされたくはない。

「今日は何かな……」

千鈴の口の中が、火守お手製の汁物の味で染まった。

早く手伝わないと。千鈴は急いで着替えを再開した。

渡り廊下を通って社務所へ入り、さらに奥。千鈴はすっかり見慣れた戸を叩《たた》いた。

「小春《こはる》、入っていいか」

「どうぞ」

千鈴が問うと、戸の向こうからしとやかな女の声が返ってくる。それを受けて、千鈴は入室した。

薬草が吊るされ、様々な壺やら箱やらが置かれた棚が壁の一辺を埋める部屋だ。反対側には書棚があり、巻物や書籍が入れられている。苦いとも爽《さわ》やかとも言いがたい匂《にお》いが漂っていて、いかにも薬を作るための工房といったふうである。

そんな部屋の中央に近いところに置かれた机の前に、部屋の主は座っていた。文様を散らした若葉色の小袖に裳《も》を巻きつけ、背の半ばまで届く黒髪を組紐《ひも》でまとめた、切れ長の鮮やかな緑の瞳が印象的な若い女だ。

小春。この神社で巫女《みこ》を務める、千鈴の鬼族の友人である。

人間の友人を見て、小春はふわりと笑った。

「いらっしゃい、千鈴。どうしたの？」

「ん。何か仕事ないかと思って」

「また？　いつものことだけど、千鈴は仕事熱心ねえ」

円座に腰を下ろしながら千鈴が仕事の斡旋《あっせん》を頼むと、小春はそうくすくすと笑う。

千鈴は口を尖《とが》らせた。

「だって暇なんだ。里長とかに声をかけてみたけど、今のところは必要ないみたいだし。まあそもそも、私にできることはあんまりないけどさ」

「子供たちの相手も？」

「やってたんだけど、その子供たちが家の手伝いに呼ばれていったんだ。それで、小春のところなら何かないかと思って」

ともかく暇なのだ。日夜仕事に明け暮れるものが聞いたなら怒りそうな態度で、千鈴は小春に仕事を求めた。

大山脈は人間にとっての里山の奥から先が神や妖の棲《す》み処《か》となっていて、どの地主神の領地にも妖の里が点在している。多くは同族で集まって形成しているが、中には違う種族同士が身を寄せあっている里もある。

農作をしたり、工芸品を作ったり、神や種族の英雄などを祀《まつ》って季節ごとに祭りを催したりと、暮らしぶりは人間とさほど変わらない。他の里どころか大山脈の外の妖、さらには麓《ふもと》の村の人間とも商売をする商人だっている。大山脈において、人と人ならざるものは明確な境界がありながらも、緩やかな繋《つな》がりを保っていた。

千鈴は、そんな妖の里の一つである赤坂《あかさか》の里で日用品を買うだけでなく、こうして小春をはじめとする里の鬼たちから仕事をもらって日々を過ごしていた。雪峰を宥めて仕事へ向かわせる以外にとりたてて役目がないので、どうしたって暇になるのだ。活発な性格の千鈴が最寄りの里で仕事を求めるのは、当然のことだった。

「じゃあ、いいところに来たわね。ちょうど、薬草狩りに行こうかと思っていたところなのよ」

仕方ないわねえといったふうにも見える色を笑みに混ぜて、小春は言う。やった、と千鈴は幸運を喜び、目を輝かせた。

小春はそばに置いていた本を広げると、それを参考にしながら、紙にさらさらと薬草の外見や特徴を記していった。どこに生えているかについても、千鈴に教えながら紙に書いていく。小春は里の薬師の一人でもあるのだ。

「何の薬になるんだ？」

「食あたりの薬よ。馬鹿なのが何人もいて、補充しないといけなくなったの」

小春はため息を吐きながら言った。

小春いわく馬鹿たちがやってきたのは、昨日の夕方のこと。数人の若者が腹痛を訴えていたので、小春は薬を処方してやったのだという。しかし話を聞いてみると、原因は正午前に解体した猪《いのしし》の肉の売れ残りに充分火を通さないまま、もったいないからと日が暮れる前に早食い競争をしたことだと判明したのだとか。

千鈴は半眼になった。

「……どこからどう聞いても馬鹿だな」

「でしょう？　ただでさえこの暑さだし、夕方まで売れ残っていたなら相当傷んでいたと思うわ。もったいないけど、捨てればよかったのに。親に殴りとばされていたのも当然よね」

「まったくだ」

千鈴は頷《うなず》いて小春に同意した。自分から食あたりになりにいったようなものなのだ。同情の余地が見当たらない。

とはいえ、そんな馬鹿者でも患者であれば助けないといけないのが薬師である。その結果薬草が足りなくなったなら、補充しなければ。

薬師も大変だと思いながら千鈴が首をめぐらせると、机に広げられている巻物がちらりと見えた。紙面には、いくつかの図像や文章が記されている。

「……竜神の死骸《しがい》には不思議な力があるって前に聞いたけど、薬にできるのか？」

「ええ。特殊ではあるけど、一応は生き物の身体だから、材料になるのよ」

千鈴が目をぱちくりさせて思わず呟くと、小春はそう苦笑した。

竜神は異国由来の神であるからか、烏広に太古から根づく神々とは違い、死んでも身はすぐ天地に還《かえ》らず、妖や人間のように腐敗する特殊な神だ。その肉を食えば力が増すとも、たちどころに傷が癒《い》えるとも、あるいはどんな生き物も殺す毒になるともいわれている。そのためはるか昔から、噂《うわさ》を頼りに探し求めるものは種族を問わず絶えないのだと、千鈴は小春から以前教わった。

「でも、作るの、ものすごく難しそうだな。えーと、鱗《うろこ》を剥《は》いだ身を乾かして、砕いて……」

「こら、そんなものを若い女の子が読んじゃいけません」

千鈴が真面目《まじめ》に文面を読みだしたものだから、小春は巻物を取り上げた。くるくると手早く巻いてしまう。

千鈴は口を尖らせた。

「小春も若い女なんじゃ……」

「私は貴女《あなた》よりは年上だし、薬師でもあるもの。こういうのは見慣れてないと、むしろ駄目よ」

「……」

「ともかく、貴女も山でもしかしたら見つけてしまうかもしれないけど、近づいたりしちゃ駄目よ？　人間の身は弱いのだから」

千鈴の抗議をすぱんと却下し、小春は念押しする。それは関係ないんじゃと千鈴は心の中で思ったが、黙っておく。小春に口で勝った試しがないのだ。触らぬ鬼に祟《たた》りなし、である。

説教に内心閉口しながら顔には出さず、千鈴はわかったとだけ言った。

小春が書き終えた紙に目を通して依頼の内容を確認し、千鈴はよし、と頷いた。

「他には？」

「そうね……染め物用の草……はまあいいわ。馬鹿たちの親から許可をもらってるし。彼らに頼むわ」

「？　服を新調するのか？」

「ええ。秋祭りの装束を新調するから、ついでにね」

千鈴が目を瞬かせると、にっこりと小春は笑った。

収穫を祝う秋祭りでは、定期的に新調する装束をまとった小春や里の者たちが神事を披露することになっている。さらには里のそこかしこでほろ酔い気分の男たちが調子に乗って豪快に、面白おかしく舞い踊るのが常だ。出会いを求めて年頃《としごろ》の娘たちが着飾り、酔っぱらった男たちがそんな娘たちにちょっかいを出そうとして返り討ちに遭うのも、よくある鬼族の祭りの光景なのだった。

騒がしい気性ではない千鈴であるが、祭りの空気は嫌いではないし、きらびやかな装束や勇壮な演武を見れば心が躍る。鮮やかな赤の花をかんざしにして、鈴や鉾《ほこ》を振るって舞う小春はとても美しい。

そうだ、と小春は突然、小さく手を叩いた。

「千鈴もこの際、装束を新調しましょうよ。その装束、随分擦り切れてきたじゃない。祭りのときは雪淵《ゆきふち》の神からいただいたものを着るとしても、普段からもっと華やかなものを着ましょう？　動きやすいものにするよう、私も職人たちにお願いするから」

小春は繰り返し、千鈴に提案した。

瀧ヶ峰領の山中に座す神や里に暮らす妖は、雪峰のことを雪淵の神もしくは単に地主神様と呼んでいる。領民が地主神の真名を呼ぶのは、無礼で恐れ多いからだ。これは瀧ヶ峰領に限らず、烏広のどの地域にもある慣習なのだという。地主神である雪峰をただの神かそこらへんの妖のように扱う千鈴と火守は、それを雪峰から許されているだけなのである。

むう、と千鈴は眉をひそめた。

「いい。これ、まだ着られるし。小春が刺繍《ししゅう》してくれたやつだから、着られなくなるまで着る」

と、千鈴は装束の袖を見せて軽く振るった。

さすがにその装束はそろそろ窮屈でしょうと小春に連れこまれた店で、千鈴が普段着を新調してもらったのはもう何年も前だ。千鈴はそれまで着ていたものと同じ意匠の男装を注文したのだが、そこで大いに揉めることになった。小春はお洒落《しゃれ》好きで、職人に細かな注文をするのにも、自分で布地や装束に工夫を凝らすのにも熱心なのである。そんな彼女が、千鈴の身なりへの無関心を黙っているはずもない。

女物にするしないの攻防を迷惑がった職人が仲裁に入り、小春に刺繍をしてもらうことになった結果がこの装束だ。男装だが草花や鳥、流水の刺繍が布地に合わせた色の糸でされてあり、全体として柔らかく、優しい雰囲気がある。小春のお節介と千鈴の要望が見事に調和した一着を、千鈴が大事にしないはずがない。

頬《ほお》に手を当て、小春は嘆きの息を吐いた。

「私の刺繍を気に入ってくれるのは嬉しいけど、新しい装束に同じ意匠を縫いつけるくらい構わないわよ？　雪淵の神だって、貴女が綺麗《きれい》な女の子の恰好《かっこう》をしたらお喜びになるでしょうに」

「……雪峰は私がこういう格好でも気にしないから、いいんだ」

千鈴は少しばかり顔をそむけた。雪峰のため、という言葉に千鈴は弱いのである。策士、と心の中で呟く。

確かに、雪峰が喜ぶなら女物を着るのもいいかもしれない。しかしそれはあくまでも、祭りのような特別な日に限った話。男装を着慣れているのに、今になって女物を普段着になんて冗談ではない。

「ともかく、薬草はちゃんと採ってくる。じゃあな小春」

「あ、こら千鈴！」

小春が制止の声をあげたが千鈴は無視し、薬草について記した紙を引っ掴《つか》むと、普段着の新調についての攻防から離脱した。

千鈴が里の神社を辞して石段を下りると、陰で座りこんでいた人影が気づいて顔を上げた。そばには、星のように斑点《はんてん》が散った藍色の毛並みの馬がいる。

歳《とし》は千鈴と同じか少し上といったところの、明るい青紫の装束を着た若者だ。組紐の鉢巻きに飾られた外に跳ねる灰白の髪、黒い目の整った顔立ち。不愛想な雰囲気を漂わせているが近寄りがたい冷たさはなく、かえって不器用そう、初心《うぶ》そうと評価し目を細める女性は少なくないだろう。

御影《みかげ》。千鈴の護衛として雪峰がつけてくれている、白神川で生った水神の一柱である。馬のほうは綺羅《きら》という。山中を自由に移動できるようにと雪峰から贈られた、千鈴の愛馬だ。

「終わったか？」

「うん。でもまた、薬草狩りを頼まれた」

「だろうな。食あたりの馬鹿の話をしてる奴らがいたし。薬草狩りは、そいつらに使ったぶんの補充か」

「うん。そう言ってた」

冷めた声で両断して立ち上がる御影に、千鈴は頷いてみせた。

御影が綺羅の手綱を引きながら、二人は里の鬼以外にも神や他の妖が行き交う目抜き通りを連れだって歩く。瀧ヶ峰領を貫く街道沿いに位置するだけでなく、滝壺御殿への通路である白神川の滝壺に近いことから、瀧ヶ峰領内外から神や妖が集まってくるのだ。瀧ヶ峰領にある里の中では、もっとも栄えていると言っていい。

「どうする？　すぐ薬草狩りへ行くのか？」

「そうだな……」

御影に問われ、千鈴は首をめぐらせた。先ほどから、あたたかな食べ物のいい匂いがしているのだ。

千鈴の様子から、何を気にしているのか理解したのだろう。御影は呆れた顔をした。

「お前、何か食う気か？　朝食を食べたばかりだろうが」

「う……でも、いい匂いじゃないか。御影だって、喜平太《きへいた》さんとこの餅《もち》菓子は好きだろ」

「……」

指摘された千鈴は口をへの字に曲げ、言い返す。御影は視線を泳がせた。

千鈴が言っているのは、赤坂の里にある店の中でも一際立派な店で売られている餅菓子のことだ。ほどよい甘辛さのたれが絶品で、里の富裕層のみならず、瀧ヶ峰領にいるあちこちにいる神も好んで訪れる。御影も口に出さないが好んでいることは、以前、千鈴が店へ無理やり引っ張って食べさせたときの反応で確認済みだ。

よし、今回も食べさせてしまえばいいのだ。千鈴は思いついた。二人で食べることにすれば、きっと文句も言われない。金も充分持ってきてある。

思いたって、千鈴が実行しようとしたのだが。

「千鈴、発見！」

「千鈴！　遊べ！」

「綺羅と御影様も一緒に遊ぼう！　ちゃんばらごっこ！」

わっと声がするや、ばたばたと駆けてくる足音がした。千鈴が声のしたほうを向くと、いかにも里の子といった身なりをした鬼族の子供たちが千鈴と御影を取り囲む。社務所へ行くまで遊んでやっていたのとは違う、千鈴の顔馴染《かおなじ》みの子供たちだ。

子供とはいえ、人間より高身長が当たり前の鬼族である。当然、千鈴より幼い声や顔立ちであっても身長はそう変わらない。実際の年齢も千鈴より上のはずだ。

御影は顔をわずかにしかめた。

「駄目だ。俺たちはこれから、小春に頼まれて薬草を採りに行くんだ。今日はお前たちと遊べない」

「えー！」

「さっき、弥三太《やさんた》には暇だって言ってたんでしょ？」

「草を採りに行くのは明日《あした》にしようよー」

子供たちは口を尖らせ、次々と不満の声をあげた。

妖が地主神以外の神を特別に扱うことは、あまりない。せいぜい、里の社《やしろ》で祀られている神に遭遇すれば拝み、丁重にもてなすくらいだ。妖の子供がたまに会う偉い人程度の態度で神に接するのは、むしろ当たり前と言える。

むう、と千鈴は悩んだ。遊んであげたいのは山々なのだが、薬草はできるなら今日中に摘んで小春に届けたい。薬は常備しておかないといけないものだ。

仕事がなくて暇だと言った直後から、仕事と子供たちの構え攻勢が重なるとは。嬉しいやら、申し訳ないやらである。子供たちにどう言って納得してもらおうか。

すると。

「こら、仕事なんだから仕方ないだろ。必要なときに薬が足りなかったら、どうするんだ」

「巫女様からの頼まれ事なんだし、諦《あきら》めろ」

千鈴がどうしようかと悩んでいるのを見かねてか、通りがかった台車を引く男鬼たちが子供たちをたしなめた。彼らも千鈴の知り合いだ。

大人たちの説得に、子供たちはふくれ顔だ。それでも、ごねることはできないとわかっているらしい。口を尖らせるものの、それ以上は言ってこなかった。

「次こそ遊んでよ！」

「約束だからな！」

そう捨て台詞《ぜりふ》のように残して、子供たちは去っていく。次は一体どこへ行くのか、いや誰に構ってもらおうとするのか。つむじ風のように、あっという間にいなくなる。

男鬼たちは苦笑した。

「すまねえなあ、やんちゃどもで」

「あのくらいは、別に。このあいだも頼まれ事をしてて、あいつらと遊んであげられてないしな」

次に会ったときこそ遊んでやろう。そう心に決めて、千鈴は子供たちの背中を視線で追った。子供たちが駆ける目抜き通りの向こうに見える山の斜面には、水田が不揃いな鱗のように広がっている。梅雨が明けたばかりの夏空は濃い青で入道雲の白がよく映え、蟬《せみ》の声がうるさい。肌を焦がすような日差しは、涼風のおかげでましに感じられる。典型的な夏の日中だ。

夏色の景色から視線を外した千鈴は、布でくるまれ台車に固定された状態で鎮座する、彫像らしきものを見て首を傾げた。

「それ、人間向けの品？」

「さあ、どうだろうなあ。雪淵の神の御注文だからな。お前さんのためじゃないのか？」

にやり、と男鬼の片割れは口の端を上げた。

地主神が男装の人間の少女を囲っていることは、赤坂の里のみならず瀧ヶ峰領中で広く知られている。滝壺御殿で雪峰に仕える神や妖たちが、あちこちで言いふらしているだけではない。千鈴を連れて妖の里を視察したときや建設中の千鈴の屋敷の前で、領民が見ているのも構わず雪峰は千鈴を甘やかしていたのだ。噂が広まらないはずがない。

雪淵の神の巫女。いつの頃からか、千鈴は瀧ヶ峰領の神々や妖たちにそう呼ばれるようになっていた。

千鈴は顔をしかめた。

「そんなわけないだろ。置き物も装束も充分だって雪峰には言ってあるし」

「おやそうなのか？　まあ誰に下賜なさるにしろ、地主神様からの御注文の品だ。腕のふるい甲斐《がい》があるってもんよ」

「がっつり報酬もいただけるしな！」

と、男鬼たちはがははと豪快に笑う。実に正直なことである。いっそ清々《すがすが》しい。

なんにせよ、朝は怠惰でも雪峰は一応、真面目に地主神の仕事をやっているらしい。いいことである。

「そろそろ行くぞ。上まで行くんだろ？」

「……うん」

御影に促され、千鈴は仕方なく頷く。子供たちにああ言った手前、今日のところは餅菓子を諦めるしかなさそうだ。今度来たときに食べよう。

そうして、里のものたちと別れようとしたそのとき。御影がふと表情を変え、空を見上げた。感覚に触れるものを感じた千鈴も空を見る。

ほどなくして、通りに大きな影が落ちてきた。

琳の影だ。

道行くものたちは、慌てて道の両脇《りょうわき》に逃げた。その頭上から、ゆっくりと琳は下りてくる。

道に琳が着陸したのを見て、千鈴は琳の背から下りてくる雪峰のもとへ駆け寄った。

「雪峰、どうしたんだ？　火守が言ってた裁決は終わらせたのか？」

「無論。それで、時間が空いたのでこちらへ視察に参ったのだ」

「……」

神って嘘《うそ》つけないから本当だよな、うん。

千鈴は微妙な表情になって、心の中で呟いた。

領地の視察は、地主神の職務としてまったくもって普通のことだ。領民の暮らしを肌で感じ、声を直接聞くのだから。大変いいことである。

しかし数日前、雪峰を乗せた琳が赤坂の里周辺の上空で泳いでいるのを、赤坂の里で子供たちと遊んでいた千鈴は目撃しているのだ。数日おきに視察する必要は、どう考えてもない。

つまり雪峰は、千鈴が暇潰《ひまつぶ》しに赤坂の里へ行っているかもしれないからと、滝壺御殿を抜けだしてこちらへやってきたに違いないのである。

何をしているのか、この地主神は。前にも千鈴の行く先々をうろちょろしすぎて、火守を怒らせたというのに。少しは大人しく仕事しようと思わないのか。

「そなたはこれから、薬草狩りか？」

「うん」

「では、送っていこう」

と、雪峰は千鈴の答えを聞きもせず、千鈴を片腕に乗せて抱え上げた。視点が急に高くなり、千鈴はとっさに雪峰の装束を掴む。

千鈴は眉を下げた。

「いいよ、綺羅を連れてきてるし。雪峰は里の視察をしに来たんだろ？　そこの彫像も、雪峰が注文したって聞いたぞ。ここで見たほうが、職人たちも滝壺御殿へ持っていく手間が省けるんじゃないのか？」

千鈴は顔を荷車に向けて、さり気なく仕事へ誘導する。雪峰の仕事放棄を諌《いさ》めるのは、千鈴の役目なのだ。

が。

「ああ、ああそれなら今から滝壺御殿に運ぶから、気にすんな！」

「そうそう、元々そのために運んでたところだしな！」

荷車を運んできた鬼たちはそう、引きつった表情でぶんぶんと首を振った。頼むからこっちに話をふらないでくれ、という心の声が顔にありありと表れている。勇猛果敢な鬼族でも、地主神の仕事放棄を止める勇気はないらしい。

しかも周りを見てみれば、すげえと言わんばかりに尊敬か何かで目をきらきらさせた子供たち以外、千鈴と目が合った端から顔をそらすか、面白そうに見ているか、諦めろと生温《なまぬる》い笑みで諭すかの三択なのである。他の領地から来たものは仕方ないとしても、瀧ヶ峰領の領民なら地主神に働いてもらわないと困るだろうに。

御影のほうを向いても、顔は我関せずと明後日《あさって》の方向だ。しかも、何故《なぜ》か不機嫌な空気を漂わせてはいないか。

なんなのだ、もう。千鈴は口をへの字に曲げた。

「このものたちはこう言っておるし、領地の視察は地主神の務めであろう？」

雪峰はもっともらしい言い訳をする。表情も声も甘い。千鈴を甘やかすだけでなく、そばにいたいのだと真心を伝えてくる。

ああもう。千鈴は心の中で降参した。こんな顔をされたら、断れないではないか。

「……あとで火守にばれて怒鳴られても、知らないからな」

「あやつは梅刀自《うめとじ》の里へ行っておる。心配は無用だ」

千鈴に呆れられているというのに、雪峰は唇をほころばせた。

梅刀自の里は、ここから西へずっと行ったところにある里だ。火守の愛馬である阿羅樫《あらかし》の足で朝から向かって日帰りするなら、滝壺御殿へ戻るのは夕方以降になるはず。それなら、多少仕事を抜けても知られることはないだろう。多分。

雪峰は千鈴を抱え上げたまま、ふわりと宙に浮いた。千鈴は支えをなくして一瞬浮遊感に襲われるものの、すぐに視界は固定される。

琳の背に乗ったのだ。

琳がひれを動かすと、琳の身体はふわりと浮いた。身体がくねるのに合わせて前進しながら上昇していく。

ごう、と生まれたばかりの風が音をたてて千鈴の耳を震わせる。しかし、風の冷たさも勢いも千鈴には届かない。雪峰が神力でそのようにしてくれているのだ。

後ろを向くと、御影を乗せた綺羅が空を駆けてきていた。千鈴の愛馬は空を駆けることができないので、御影の神力で宙に浮いているのだ。

もう一度正面を向けば、見下ろすまでもなく、崖《がけ》や森林、小川、草地といった様々な地形で飾られた大山脈の景色が千鈴の眼前に広がった。川のそばや森林の開けた場所などには里が形成されているのも、遠くに見える。

そして、木々の合間を縫い、あるいは割くように、幾重にも崖から落ちながら平野、そして海へと流れていく白神川が見えてくる。

瀧ケ峰領。白き水神が統べる、大山脈でもっとも水が豊かで清らかな山々。

今、千鈴が生きている場所だ。


小春が千鈴に採取を依頼した薬草の群生地は、赤坂の里の近くを流れる川の上流にあるのだという。紙に記された情報を頼りに琳を泳がせていると、やがて、群生地の特徴が見えてきた。

「琳、あの崖の下の、大きい石のあたりへ下りられるか?」

それほど高くない崖の下にある、開けたところにぽつんと鎮座した大きな石を千鈴は示した。すると、琳は千鈴の指示に従って、石を目指してゆっくりと降下していく。

琳が石のそばに着陸し、千鈴はするりと背から下りた。綺羅の鞍《くら》にくくりつけていた荷を外しながら辺りを見回し、少し離れたところにある木立の合間に、群生する丈の低い草を見つける。

小春が言っていたのはあれのことだろう。千鈴は雪峰を振り返った。

「じゃあ、御影と一緒にあの草を採ってるから、雪峰は待っててくれ」

「わかった。悪しきものを見つけたら、すぐに私を呼べ」

「うん。御影、行こう」

千鈴はこくんと頷くと、御影を促す。それから、木立のほうへ向かった。

木々の枝葉が陽光を遮る崖の下。千鈴の視界いっぱいに、一面に丈の低い草がみっしりと地面を覆いつくしている。その合間には苔《こけ》むした岩や獣か妖の骨も転がっていて、草木や土の匂いに混じって漂う花の香りはほのかに甘い。ただし蝉の声がやかましいせいで不気味な場所という印象はなく、ある意味ではごくありふれた大山脈の景色と言えた。

そんな場所で御影と二手に分かれ、千鈴は薬草狩りを始めた。

蝉の声も遠く聞こえる集中力で、しゃがみこんだ千鈴は地面を覆う丈の低い草花の隅々までをじっくり見ながら摘んでいった。一見するとどれも同じように見えるが、よくよく目を凝らすと、何種類もの草花が集まっているのだ。むやみに草花を摘み取ってはならない。注意を払う必要があった。

じっと草を見つめて、摘んで、傍らに置いた壺型の籠《かご》に入れる。その作業を一人黙々と繰り返し、籠の三分一まで溜まったところで、千鈴はほうと息を吐いた。

同じ姿勢を長い時間続けているのは疲れるのだ。千鈴は大きく伸びをした。首を反らしたり、遠くの景色に焦点を合わせたりもして、全身の筋肉をほぐす。

すると、千鈴の耳にくすくすと笑う声が聞こえてきた。大きくはない。風に溶けそうな、さざめきのような声だ。

首をめぐらせると、千鈴からいくらか離れたところにある木々の枝や根元でくつろぐものたちが、千鈴のほうを見ていた。男とも女ともつかない顔立ちで、それぞれ異なる装いをしている。

漂う気配からすると神だ。ただし神力はあまりなく、軽い悪戯《いたずら》ができる程度といったところか。

好奇心を隠さない目で、神々は千鈴を見ていた。瀧ヶ峰領では、千鈴以外に人間はいないのだ。噂に名高い地主神の巫女だと、一目でわかったに違いない。

神々はひそひそと顔を寄せあい、言葉を交わしている。何を言っているのかわからないが、彼らの表情からすると、あまりいい評価ではなさそうだ。いい歳した娘の恰好じゃない、とでも言っているのかもしれない。

珍獣じみた娘をひとしきり観察して満足したのか、神々はやがて身をひるがえした。それでも一柱はまだ何が気になったのか、千鈴のほうを振り返る。

視線が合うと、その神は悪びれもせず、千鈴にはっきりと鼻で笑ってみせた。

「……」

さすがに不愉快になって、千鈴はぎ、と神を睨みつけた。だが神はそれに恐れをなしたそぶりも見せず、先に行った同胞たちのあとを追って木立に消えていく。

悪かったな、地主神の巫女のくせにこんな男女で。

千鈴は神々が消えた方向に不穏な表情を向けたまま、心の中で呟いた。

仕方ないだろう。物心ついた頃から千鈴はお転婆で、近所の少女たちよりも少年たちと遊んでばかりいたのだ。ちゃんばらごっこは当たり前、木に登って果物をとっていたし、いじめれっ子の少年を庇《かば》って悪大将に蹴《け》りを入れてやったこともある。もちろんそのあとは大乱闘で、最終的には喧嘩《けんか》両成敗で大人たちに怒られた。

そんな幼少期だったから、言葉遣いも振る舞いも好みも少年のものになってしまうのは当然のことと言える。普段着を新調する前から千鈴が男装だったのも、千鈴を少年と勘違いしていた火守から下級役人の装束を渡されていたためだ。千鈴も文句を言わず、下級役人や少年がするように膝《ひざ》から下を見せていた。

男女と容姿を馬鹿にされるのは昔からだし、自分でも性別が曖昧《あいまい》だと思っている。とはいえ、ああもあからさまなのは腹がたつ。苛々《いらいら》をぶつけるように、千鈴は作業に没頭した。むしって、むしって。気づいたときには随分薬草が籠に溜まっていた。三分の二より少し多いかもしれない。

これ以上摘めば、また必要になったときに困ってしまう。長い息を吐き出して、千鈴は手を止めた。むしゃくしゃしたまま、辺りを見回す。

そのせいか、千鈴は少しばかりの異変に気づくことができた。

「……？」

視界の端で何かがきらめいて、千鈴は目を瞬かせた。一度、二度。風で揺れているのか、何なのか。きらめくものは明滅を繰り返す。

不思議に思って、千鈴は視界の端へ顔を向いた。さらに、生い茂る木々の枝葉を見上げる。

そうして千鈴はすぐ、太い枝の一つに金の吊り灯篭《とうろう》があるのを見つけた。

見た限りだと、作られてそれほど年月を経ていないのかさびがない。どうやら、差しこんだ陽光がこれに反射して、千鈴の視界で存在を主張していたようだ。

小枝を集めた鳥の巣らしきものの中に転がっていたが、普通の鳥は吊り灯篭なんて盗まない。おそらく鳥の妖が、どこぞの神社から盗んだのだろう。光物が好きな妖はいるものなのだ。ただし普通の鳥より力があるぶん、たちが悪い。

千鈴は辺りを見回した。作業に集中しすぎてか、いつのまにやら奥のほうへ歩いてしまっていたようで、雪峰がいる大きな石はまったく見えない。御影もより奥へ薬草を探しに行ったようだ。

なので、千鈴は助けを呼ばず、木に登ることにした。

以前披露したときには猿かよと御影や火守に呆れられた速さで、千鈴は木の幹をするする登っていく。小さい頃から木登りは得意だったのだ。木の実をとるため必死に身につけた感覚は、そう簡単には忘れないものらしい。

目的の枝の高さまで登ると、少しばかり枝を這って吊り灯篭を手にした。よしと頷き、身体を反転させて幹のほうへ戻っていく。

　しかし。

「っ」

　羽ばたきの音がしてそちらを向いた瞬間、襲ってくるものがあって千鈴はとっさに避けた。その拍子に枝から落ちそうになり、吊り灯篭を掴んでいないほうの手でどうにか枝にしがみつく。

　襲ってきたのは、鳥のような大きさと姿の妖だ。ただし額に一つ目がついていて、足の爪《つめ》も異様に大きい。

　妖は千鈴の頭上で羽ばたきながら、ぎゃあぎゃあとわめいている。それを返せ、出ていけ、と言っているのだろう。

　ここはひとまず、逃げるに限る。千鈴は戦略的撤退を決めこんだ。この体勢と距離では、攻撃する前にやられてしまう。少々危険だが、もうここから飛び下りてしまえ。

　しかし、千鈴が木から飛び下りようとしたそのとき。妖が耳障りな声で鳴くや強風が生まれ、千鈴に襲いかかってきた。

「っ！」

　突然の攻撃に、千鈴が対応できるはずもなかった。片手で枝にしがみついていたのもむなしく、千鈴の身体は突風に飛ばされ、枝から離れてしまう。

落ちていく――――。

しかし、落下は想定外のところで終わった。千鈴を抱きとめるものがいたからだ。

「おっ前なあ……！　いつになったら、俺が目を離してるあいだも大人しくするようになるんだ……！」

唸《うな》るような声の文句が、千鈴に降ってきた。御影だ。

御影は木の上を見上げたまま、千鈴を下ろした。妖に視線を留め、すっと目を細くする。

妖は怯《おび》えた様子でぎいと鳴くや、一目散に逃げだした。小物なのだ。力ある水神に逆らえるはずもない。

「……で」

妖が逃げ去るのを見届けもせず御影は、少々どすの利いた声で千鈴に話を向けてきた。うわあ、と心の中で千鈴はうめく。

「なんでお前は、吊り灯篭なんて抱えて木の上にいたんだ」

「これ、さっきの奴の巣にあるのを見つけたんだ。きらきらして眩しかったから、見上げてさ。どっかの神社から盗まれたんだと思う。神社のものを盗むのは罰当たりだし。ここは取り返さないとって思ったんだ」

「礼儀知らずの化身みたいなお前が罰当たりと言ってもな……取り返すつもりだったなら、俺が来るまで待っていればよかっただろうが。それか、雪峰様を呼ぶか。あの程度の妖なら、俺や雪峰様が睨めばさっさと逃げていくんだし」

「悪い、頭になかった」

「……」

お前の頭は飾りか。

そんな心の声が、御影の表情とまとう空気ににじんだ。視線が冷たいのか燃え盛っているのか、よくわからない温度になっている。

ものすっごく呆れてるよな、これ。というか多分、怒ってる。

さすがに千鈴は危機感を覚えた。

「と、ともかく御影、助かった！　それより草はどれだけ採れたっ？」

すでに朝から鬼の小言をくらっているのだ。これ以上は御免である。千鈴は強制的に話題を変えた。

いつもの逃げの一手を打たれた御影は、長い長い息を吐き出した。神力で宙に浮かせていた籠を掴んで、ずいと千鈴に見せる。

「これでいいか」

「充分。これだけあったら、小春も喜ぶ」

籠を受けとり、千鈴は頬を緩ませた。いつものことだが、友達に喜んでもらえるのはやはり嬉しいものだ。

それから二人は雪峰が待つ大きな石のもとへ向かった。が、雪峰の姿が見えたところで御影が踵《きびす》を返したので、千鈴は目を丸くする。

「御影？　どこへ行くんだ？」

「休憩してくる。お前は雪峰様のところに戻ってろ」

「？　わかった」

休憩するなら、一緒に戻ればいいのに。千鈴は不思議に思ったが、頷いた。

千鈴が群生地から離れると、草を食べていた綺羅が千鈴を出迎えてくれた。その鼻面を撫《な》でてからさらに歩くと、石に鎮座して遠くを見つめていた雪峰は千鈴に気づき、さらに吊り灯篭を見て怪訝《けげん》そうな顔をした。

「千鈴、それはどうしたのだ？」

「さっき、木の枝で見つけたんだ。妖がどっかの神社から盗んだんだと思う」

と、千鈴は吊り灯篭を雪峰に見せた。それを受けとり、雪峰は吊り灯篭の文様をじっと観察する。

「鎌《かま》の神紋か……これだけでは、どこのものかわからぬな」

「うん。私も一応神紋のことは習ったけど、赤坂の里以外の里のは知らないんだよな」

千鈴が首を傾げると、雪峰は頷いた。

「であろうな。滝壺御殿の書庫に、領内の神社で使われる神紋の一覧があったはずだ。誰ぞに調べさせよう」

神社を示す紋である神紋は、その神社の由来や祀る神にちなんだものであることが多い。一つの神社が複数の神紋を持つこともあり、他の神社と同じ紋を使っていることは珍しくない。地主神が把握していないのは仕方ないだろう。

よし、と千鈴は頷いた。

「じゃあ雪峰、どこの里の吊り灯篭なのか、私が今から探ってみていい？」

「そなたが？　構わぬが」

目を瞬かせた雪峰は、吊り灯篭を千鈴に手渡した。

雪峰から吊り灯篭を渡された千鈴は、その場に片膝をつくと、吊り灯篭を前に置いた。呼吸を整え、己の内にある力が両手へ流れていくさまを意識する。

ぱん、と千鈴は柏手を打った。

「掛けまくも畏《かしこ》き――――」

普段より少しばかり高い調子の、けれどさえずるようと形容するには堅苦しい響きの声音が、言葉――――祝詞《のりと》を紡いでいった。

千鈴が地主神の巫女と呼ばれているのは、雪峰に囲われ、機嫌とりをしているからだけではない。小春の指導のもと、礼儀作法を学ぶのも兼ねて巫女としての修行をしていた時期があるからだ。実際に神社で雪峰を祀ることはないものの、千鈴は巫女なのである。

巫女修行の一環として、神の力を借りたり、神を召喚したりする方法も千鈴は学んだ。自分では気づいてなかったが、千鈴は生まれながらにそういう異能の才があったらしい。普通の人間や妖では何も起きない祝詞も、千鈴なら言葉の意味を引き出し、神の助力を得ることができるのだ。

こうして道具に宿る神力に触れ、どこにあった物なのか探るのも巫女の技のうちだ。

祝詞を読みあげ、千鈴は眼前の吊り灯篭に手を置くと共に目を閉じた。

すると、千鈴の脳裏に景色が流れこんできた。

どこかの山々の景色だ。いくつもの絶壁があり、その所々に植物が茂っている。山の陰になっている部分には雪がうっすらと残っていて、雪解け水が川となって流れていく。

背に翼を生やした妖たちが崖の合間を縫うように飛び交い、崖に点在する建物へ入っていくのも見える。建物の中には派手な色遣いの看板が飾られたものもあり、ここが里であることを千鈴に理解させた。

千鈴はゆっくりと目を開け、手を吊り灯篭から離した。

「見えたか？」

「うん。どこかはわかんないけど、天狗《てんぐ》族の里だ。かなり上のほうだと思う。もう梅雨が明けたのに、まだ日陰に雪が残ってたんだ」

「ならば、白萩垣《しらはぎがき》の里であろう。瀧ヶ峰で夏も雪が解けきらぬ地の天狗族の里は、そこしかない」

千鈴が特徴を告げると、雪峰は断言した。怠けものでも地主神である。領地の里の特徴は把握しているようだ。

「明日にでも使いを出そう。すぐにあちらから取りに来るだろう」

「それなら、今から返しに行ってやったほうがよくないか？」

「吊り灯篭一つなくても、神事に支障はなかろう。急ぐ必要はない。それに」

と、雪峰は千鈴を自分の膝の上に乗せた。

「そのようなことで、二人で過ごす時間が減ってしまうのはもったいないと思わぬか？」

「……」

それは確かにもったいない。千鈴は黙った。二人で里を歩くのはもちろん楽しいが、こうしてぴたりと寄り添ってしまうと、離れるのはどうにも惜しくなる。

そうだろう、と言わんばかりに雪峰は頬を緩めると、自分の手のひらの上に水の塊を生みだした。

「千鈴、喉《のど》が渇《かわ》いたろう？　飲むがよい」

「ん、ありがとう雪峰」

礼を言って千鈴は水の塊を両手で受けとり、ごくりと飲みこんだ。一切の混ざりもののない冷たい水が喉を通り、千鈴の全身をめぐって体内の熱を下げる。

雪峰に髪を梳《す》かれ、千鈴は目を細めた。触れられているのが嬉しくて、心地いい。自然と力が抜けて、千鈴は雪峰に身を寄せた。

夏の日差しの下であれば普通、こんなに身体を寄せあっていれば暑苦しいものだが、まったくそういうことはない。人間や妖とは違う成り立ちの神の身体は、いつでもちょうどいい体温で千鈴を包む。まるで木陰にいるようだ。

幸せだな、と素直に千鈴は心の中で呟いた。雪峰の腕の中にいる。千鈴にとって、これ以上安らげる場所はない。ましてや、屋敷に移住してからなかなかない、昼間の二人きりの時間なのだ。時々怠けものになるけれど、雪峰はちゃんと仕事をしている。

だからこそ、千鈴は二人きりの幸福に浸りきることができなかった。先ほどの彫像のことが、気になったのだ。

千鈴が知る限り、雪峰は千鈴のために惜しみなく権力を使い財をつぎこみはしても、わざわざ物を職人に作らせてまで誰かに褒賞を与えようとする男ではない。雪峰自身のためでもないはずだ。滝壺御殿にある雪峰の私室が殺風景であることは、彼の私室で共寝していた時期がある千鈴がよく知っている。

千鈴のためでも、臣下や自分のためでもないなら、誰のためなのか。

考えられるのは、一つしかない。〝六花の宴《うたげ》〟だ。

大山脈には連なる山々の霊気から生った神々とは別に、その長大な全身に漂う霊気が集まり生った、大山脈の主たる神が太古の昔から鎮座している。烏広に数多いる国津神《くにつかみ》の中でも五指に入る神格と神力を有する男神で、白雪《しらゆき》の大山祇という。

大山脈の地主神たちは皆、この白雪の大山祇から統治権を与えられ、それぞれの領地を統べている。雪峰の首を飾る勾玉は、その証《あかし》だ。白雪の大山祇の神力を凝縮したもので、地主神は己の神力を撚《よ》った紐にそれを通し、地主神であることを誇示しているのである。

そんな尊い国津神が不定期に催す宴が、〝六花の宴〟だ。大山脈の最高峰の頂近くに立つ白雪の大山祇の社に招かれた地主神や名のある古妖が宴を楽しむだけでなく、大山脈の地主神たちが白雪の大山祇に恵みの感謝と忠誠の証として、己の領地で生産された品々を献上する。地主神たちにとって、重要な行事なのだ。

この白雪の大山祇への献上品を何にするのか選ぶため、雪峰が瀧ヶ峰領中の一流職人たちに工芸品を制作させているのだと考えれば、納得がいく。いつ催されてもおかしくないのだから、すぐ品を献上できるよう、準備をしているに違いない。

あるいは、もう〝六花の宴〟の日取りは決まっているのだろうか。

そこまで千鈴が考えていたときだった。

「……？」

唐突に、身体を包む雪峰の腕に力がこもったのを千鈴は感じた。ほぼ同時に、複数の気配が一つの生き物のように千鈴の感覚を不愉快に撫でる。

これは妖気《ようき》だ。妖の気配。

首をめぐらせると、千鈴が薬草狩りをしていた辺りとは反対方向に妖の群れがあった。全部で一体何体だろうか。十体か、いやもっといるかもしれない。すべてが数種の動物の一部分が交ざったような外見をしていて、一体として同じ姿のものはない。いわゆる雑種の妖だ。

どう見ても商人ではない。賊か。千鈴は顔をしかめた。地主神が山々を治めるといっても、秩序を乱すならずものは存在するのだ。

賊どもは千鈴と雪峰に気づいていて、まっすぐこちらへ向かってきていた。地主神に刃向かうとは、命知らずにもほどがある。

「心配ない。すぐに終わらせてみせよう」

千鈴が見上げると、何でもないことのように雪峰は微笑《ほほえ》んだ。賊どものほうを向くと、伸ばした手から神力を放つ。

途端、氷の粒を含んだいくつもの水流が雪峰の周囲に生まれた。吹き抜ける風を一層冷えさせ千鈴の肌を粟《あわ》立《だ》たせると、氷の粒を含んだ水流は千鈴の周囲を通りすぎて、妖の群れを取り囲む。

賊どもは、生きた蛇のように身をくねらせて襲いかかってくる水流から逃れようとした。が、水流は彼らを次々と呑《の》みこみ、内包する氷の粒を膨らませ、凍えさせているのだ。夏の日差しをものともしない冷気によって、水流に呑まれた身体の動きはたちまち鈍くなっていく。

そして水流が弾《はじ》けるようにして失《う》せると、そこには妖を内包したいくつもの氷塊が転がっていた。雪峰が軽く手を振るうと共に氷塊は砕け、凍《い》てついた身体の破片が辺りに散らばる。

一網打尽である。熊《くま》を軸に他の獣の特徴が交ざったような妖だけが生きていたが、四肢は鎖のように凍てついた氷で拘束されているので、脅威ではない。

千鈴は首を傾げた。

「雪峰、あいつは生かしていいのか？」

「気にする必要はない、千鈴。あれは生かしておくことにしたのだ」

「？　なんで？」

生かしても意味はないだろうに。千鈴が問いを重ねると、雪峰は少しばかり困ったように眉を下げた。

「あのものどもは、春裾《はるすそ》領から来たやもしれぬのでな。あちらから時折賊が来ておること、そなたも知っていよう」

「ああ、火守とか赤坂の里の鬼たちがぼやいてる」

鬼たちから以前聞いた話を思いだし、千鈴は頷いた。

春裾領というのは、瀧ヶ峰領の東隣の一帯だ。良質な翡翠《ひすい》が産出されることで有名で、その加工品は大山脈の妖の里のみならず、烏広に点在する他の妖の里でも高値で取引されている。大山脈でも指折りの裕福な山々だ。

しかし治安は大層悪く、行商で足を踏み入れた商人が賊に襲われた話は絶えない。それどころか、こうして瀧ヶ峰領をはじめとする隣領へも春裾領から賊が侵入しては悪行を働くのだから、まったく迷惑な話である。そのため火守は滝壺御殿の腕に覚えのある神や妖と共に瀧ヶ峰領の東部や街道をしばしば巡回し、領内にいる賊だけでなく隣領から来た賊を討伐しているのだ。

「その賊が春裾領から来てる奴らだって証拠を集めて、あっちの地主神にどうにかしろって文句言えたらいいよな。他の地主神と協力して」

「それができればよいのだがな。あの男が私の話を聞くなど、天地が逆さになるようなもの。春裾領と接する山々の地主神が証拠を集めて苦情を申し立てたとしても、同じであろう。あやつから地主神の地位を剥奪するよう大山祇に進言した地主神がいたが、それも却下されてしまっておる」

「なんで？　悪い地主神なのに」

「後継を見つけるのが面倒だからであろう。大山祇は、御自分が手を煩わされるのを好まぬのだ」

ほう、と雪峰は息を吐く。どうやら大山脈は、雪峰よりもたちの悪い怠け神が統治しているようだ。

「それで、あいつをこれからどうするんだ？」

「そなたは、その薬草を赤坂の里の巫女に届けるのであろう？　そのついでに、自警団のものらに預けて尋問させる」

妖の里にはそれぞれ自警団が組織されていて、里の治安を乱すものを捕らえたり、里の周辺を巡回して賊を討伐したりしている。当然、犯罪者や賊の尋問も仕事のうちだ。賊に鬼が容赦するはずもない。あの賊はすぐ、おしゃべりになるだろう。

数日ぶりに夕食を自分で作った夜。湯巻をまとった千鈴が腕を前へ伸ばすと、身体を取り巻く湯が波紋を広げていった。

「……そろそろ出るか」

一人呟いて、千鈴は湯船から出た。かまどの火を消し、湯船と繋がった水道の板を外して湯を外へ流す。

千鈴の屋敷の片隅には、湯殿がある。千鈴の私室より少し狭い部屋に大きな湯船があり、格子窓からは坪庭を眺めることができる。それだけでなく、滝の水を引き入れたり、使い終えた水を捨てるための水道も整備済みだ。瀧ヶ峰領一番の豪商と同じか、それ以上の設備と言っていい。

そもそもこの屋敷からして、人間の小娘一人の住まいにしては広すぎる規模なのだ。鬼族でも楽に出入りができる高さだし、内装や調度も、瀧ヶ峰領中の妖の里にいる一流の職人たちが技を競って整えてある。一体どれだけの費用がこの屋敷に投じられたのか、千鈴には見当もつかない。

雪峰に仕える神や妖たちは屋敷の建設前から主君の職権乱用を嘆き、火守もこの馬鹿神がとうめいていたが無理はない。雪峰が言いだした当初より規模を小さくしてこれというのも、彼らが頭を抱えた一因だろう。完成した屋敷を琳の背から見下ろした雪峰は、大変満足そうな顔をしていたが。

脱衣場で寝間着に着替えた千鈴は、まだ水がしたたる自分の髪に両手を向けた。

「────」

千鈴が数節の言葉を呟くと、髪に残る水気が両手に集まっていった。髪を離れた数多の水の粒は、千鈴が両手を合わせると一つの水の球体になる。

術だ。

小春のもとで巫女の修行を積んでいた頃、千鈴は術も学んでいた。こうした日常生活にも、護身にも使えるからだ。御影がついているとはいえ、才能があるなら身につけておいても損はない、というのが小春の方針だった。

集まった水を風呂場に捨ててから脱衣場を出て、母屋の奥にある私室へ向かう途中。母屋の表側のほうで音がして、千鈴は小首を傾げた。御影は離れへ下がったし、この屋敷の周りには雪峰が施した結界があるのだ。千鈴か雪峰が許していないものは入れない。

千鈴が音の主を探しに行くと、母屋の庭に面した広間に火守が腰を下ろしていた。そばには荷物が置かれているが、鬼族の持ち物だけあって、一つ一つが人間のものより大きい。太刀にいたっては、人間の大太刀くらいの長さがある。

火守は庭に向けていた身体をひねり、千鈴のほうを見た。

「千鈴か。邪魔してるぞ」

「火守、また泊まりか？」

「おう、今夜も世話になる」

と、火守は腕を頭上に大きく伸ばした。

火守は基本的に滝壺御殿の部屋で寝起きしているのだが、夜まで外へ出る仕事をしたあとは、この屋敷に泊まっていくことがたまにある。わざわざ滝壺御殿へ戻るのが面倒なのだという。赤坂の里で夜を過ごしてから滝壺御殿へ出勤することもよくある。

千鈴は目を瞬かせた。

「別にいいけど……この時間に梅刀自の里からこっちへ来るんだったら、赤坂の里へ行って小春に泊めてもらえばよかったのに」

「っ」

さらりと千鈴が言うと、火守はぶはっと噴き出した。

「なんで小春のとこなんだ！」

「？　だって火守と小春が恋仲だって、赤坂の里で割と聞くぞ。よく一緒にいるのを見るって。

小春は笑い飛ばしてたけど」

「そっちを信じろよ……俺があいつと話すのは顔馴染みだからと、あいつが巫女だから里のことで話す機会が多いってだけだ。あんなこええ女なんざ冗談じゃねえ……」

げんなりといったふうに火守は言った。

まあわからないではない。初めて会ったとき、一目見るなり千鈴の性別を見抜いた小春は、『ちょっとどういうこと火守！　女の子に何着せてるのよ！』と千鈴を連れてきた火守に怒鳴っていたのだ。さらに、別にこのままでもいいと言う千鈴に女物を着るよう説得しようとし、火守と御影に諫められても『男装するにしても、女の子がそんな恰好をするものじゃありません！』と、袴《はかま》をかかとまで下ろすようきつく指導してきた。あれは確かに怖かった。

千鈴は両腕を組んだ。

「私は小春より、火守のほうが怖かったけどな。その図体でいっぱい怒鳴るし、細かいし」

「そりゃお前が滝壺御殿で、自分から危険なことをしてたからだろうが。何がいいのか悪いのかわかんねえんなら、叩きこむしかねえだろ」

「……まあな」

苦虫を噛《か》み潰し、千鈴は同意した。

確かに幼い頃の千鈴はまったくの無知で、自分がこの場所でどう振る舞うべきなのかを理解していなかった。好き勝手に滝壺御殿のあちこちを歩き回り、興味を抱けば後先考えずに手を伸ばし、挙句迷子になるのはしょっちゅうだったのだ。滝壺御殿で雪峰に仕える神や妖の中には、そんな分別のない人間の子供を嫌うものがそれなりにいた。

そうして陰口と嫌がらせの対象になっていた千鈴に、人ならざるものの世での人間の正しい振る舞いを躾《しつ》けてくれたのが火守と小春だ。特に火守には、説教という形で叩きこまれた。その点については、火守に感謝するしかない。

火守はまったくなあ、と何とも言えない目で千鈴を見上げた。

「あれだけ大人しくしてろって俺が躾けて、小春のとこで礼儀作法も学んだら、少しはしとやかになると思ったんだがな……」

「無茶言うな。私にそんなことが無理なのは、前からわかってただろ」

何を今更、と千鈴は腰に手を当てた。

「火守と御影が私に敬語を無理に話さなくてもいいって言ったあとも、私のしゃべりかたと装束に何も言わなかったのは、どうしようもないと思ったからだろ。あの頃にはもう、私が女だって知ってたのに」

「……」

「雪峰に連れていってもらいでもしない限り、私の行動範囲はこの屋敷と赤坂の里と、薬草があるところくらいだしな。万一よその地主神が来たときに、雪峰の巫女らしく猫を被《かぶ》ってればいい話だろ？」

「それは大人しくするつもりがないってことだろ……」

どうしてこうなった、と火守は手で目を覆った。

土地と深く結びついた存在である地主神は、己の領地を頻繁に離れたり、他の地主神の土地へ無断で立ち入ることを掟《おきて》で禁じられている。それに雪峰は他者と積極的に交流する性格ではないので、他の地主神を招くこともないのだ。千鈴がしとやかに振る舞わないといけない機会は、ないに等しい。嘆きたくもなるだろう。

不毛な会話の先を諦めたのか、火守は息を吐いた。

「ともかく、雪峰のとこに行ってこい。どうせ、あいつはもういるんだろ？」

「うん。湯はもう捨てたから、湯船に入るならもう一度入れてくれ」

言って、千鈴は踵を返した。

千鈴が私室へ入ると、雪峰は戸を開け放して縁側に腰を下ろし、滝を眺めていた。千鈴に気づいて、顔を向けてくる。

「先ほど結界が反応したが、火守が来ていたか」

「うん。滝壺御殿まで戻るのが面倒だから、こっちに泊まるって」

言いながら、千鈴は部屋の端に置いてある正方形の物入れから掛け物と枕を出し、寝床の準備をした。それから雪峰に声をかけると、寝間着姿になった雪峰は戸を閉めて掛け物の中へ入ってくる。そのまま千鈴は雪峰の腕の中に収まった。

雪峰の腕の中で聞く夏の夜は、とても静かで賑《にぎ》やかだ。昼間はあんなにうるさかった蝉の声は絶えている代わり、他の虫や鳥の声が滝の音に混ざっていて静寂とはほど遠い。

けれど感じられるぬくもりは互いだけだ。この世界には自分たちしかいないと錯覚しそうになる。

そうまるで、今朝《けさ》の夢で見た銀世界のような。

「………雪峰。〝六花の宴〟がもうすぐあるのか？」

夢の中の景色を思い浮かべたからか。千鈴はそうしようと考えるより先に、静かな声で尋ねていた。

途端、二人のあいだにあった穏やかな夜の空気に硬いものが混じった。千鈴が見上げると、格子窓からほのかな月の光が差しこむ薄闇《うすやみ》の中、雪峰は目を見張って千鈴を見下ろしている。

「何故、それを知っているのだ」

「知ってたというか、勘。私がもう要らないって言ってるのに、赤坂の里の職人に彫像を作らせてるのは、他に用意しなきゃいけない理由があるからだろ？　雪峰が御影や火守にああいうのを褒美にするとは思えないし。だから、大山祇への献上品を用意しようとしてるのかなって思ったんだ」

「……」

「……やっぱりそうなんだな」

黙りこむ雪峰を見つめ、確信の響きで千鈴は呟いた。

肯定の代わりとばかり、雪峰は苛立《いらだ》たしげに息を吐いた。

「確かに、〝六花の宴〟が近々催されることは決まっている。だがそなたは気にせずともよい。昼にそなたが見た品を含めて、献上品の選別は前々から入念に準備を進めている」

「でも、瀧ヶ峰は豊かでも地味だろ。里の工芸品も」

「構わぬ。私は献上品の価値を競うつもりはないし、大山祇も品の価値に興味をお持ちではない。領地で生産された物を献上するのは、古《いにしえ》の地主神たちが大山祇に媚《こ》びたり自分たちで張りあっているうち、ならわしになっていっただけだ。何を献上しても大山祇はお怒りにはならぬ」

「それでも献上品が地味だったら、春裾領の地主神に嫌みを言われるんじゃないのか？　前の〝六花の宴〟のときに鬱陶《うっとう》しかったって、火守から聞いたぞ」

「……」

千鈴が反論すると、雪峰はぐ、と押し黙った。

地主神が治める地は、地主神が適切に土地を管理してさえいれば毎年豊かな恵みが約束されるものだ。瀧ヶ峰領の領民たちが様々な作物や素晴らしい工芸品を生産し、他の地主神の領地や人間の集落で売買することができるのも、雪峰が大自然の秩序を守っているからに他ならない。だからこそ領民たちは雪峰を敬い、かしずくのである。

しかし、工芸品の華やかさやきらびやかさでは他の地主神の領地で生産される品のほうがはるかに優れているというのが、火守や赤坂の里に住む商人たちの見解だ。とりわけ春裾領の地主神である宵霧《よいぎり》の献上品は、鉱山から産出される翡翠を加工した工芸品が見事なのだという。

雪峰の側近として〝六花の宴〟に同行したことがある火守は言っていた。

だがその宵霧は性格が最悪で、特に雪峰への嫌がらせに余念がないというのだ。そんな地主神が、献上品の価値について雪峰に絡まないはずがない。

ろくでもない隣領の地主神を黙らせるには、あちらの献上品にはない貴重な品を用意し、白雪の大山祇や他の地主神たちの称賛を浴びて、けちをつけられないようにするしかない。そうすれば少なくても当面のあいだは、献上品のことで雪峰が馬鹿にされずに済むはずだ。

――だから、千鈴は与えられた役目を果たさなければならない。

「雪峰。私を献上品にすればいい」

千鈴は静かな声で雪峰に告げた。

「私は構わない。雪峰は元々、そのために白神川の滝壺から私を拾ったんだろ？　巫女の才を持つ人間は、瀧ヶ峰にいないから。だったらそうすればいい。雪峰に恩を返せるなら、私は文句なんて言わない」

だから無理するな。千鈴は繰り返し、宥めるように雪峰に言った。

だが、雪峰は眉を吊り上げた。

「馬鹿を言うな」

「でも」

「千鈴」

食い下がろうとする千鈴の言葉を、雪峰はきつい声音で名を呼んで封じた。

「そなたが私の役にたちたいと言うのなら、私のそばにいればいい。そなたがそばにいるだけで、私は幸福なのだから」

「……」

「どこへ行かずともよい。そなたは私の幸福、私の巫女だ。……そなたを手放すものか」

千鈴を強く抱きしめ、雪峰はささやくように言った。乾いたばかりの千鈴の黒髪に手を触れる。

もう何も言い返せなくなって、千鈴は心の中でため息を吐いた。やっぱりこうなるのかと、残念なような、嬉しいような、なんとも言えない気持ちが胸に沈む。

こうなるだろうことは、わかっていた。雪峰は言葉でも態度でも、嘘をつくことができない。そういう性格であるし、そもそも神は言霊《ことだま》に縛られている。自分から進んで嘘を口にし、誓いを違《たが》えることがあれば、言霊の刃《やいば》が己を傷つけるのだ。

だから、雪峰の言葉は彼の本心に他ならない。千鈴は、自分が雪峰に心から大切にされていることを知っている。

それでも言わずにいられなかったのだ。神への生贄《いけにえ》になること以外、千鈴は自分の存在意義だと思えるものがないのだから。

千鈴は元々、大山脈の麓にある白神川の近くの村で父と二人で暮らす、ごく普通の人間の子供だった。母は千鈴が生まれてすぐ、病で死んだらしい。だから千鈴は幼馴染みの母の乳で育ち、少し大きくなると父が農作業をしに行っているあいだに家事をしたり、近所の赤子の世話をしたり、少年たちと遊んで日々を過ごしていた。

だが雨が長いあいだ降らなかったり、かと思えば白神川が豪雨で氾濫《はんらん》したりといった年が続いて、村の人々は飢えるようになった。神事をおこなったりもしたが効果はなく、老人や幼い子供から順に、飢えや病で死んでいった。

少雨に苦しみ、都から来た人買いに子供が次々と売られていった、十年前のある日。食べられそうな物を探して一人で山を歩いていた千鈴は、村の庄屋の下男にさらわれ――白神川の滝壺の一つに、雨乞《あまご》いの儀式の生贄として沈められた。

忘れられない記憶だ。

『悪く思うなよ。俺たちには雨が必要なんだ。恨むなら、天気も川もちょうどいい具合にしてくれねえ神様と、お前なら生贄にしてもいいと思った庄屋と、あんなところに一人でいた自分を恨め』

そう罪悪感の色もなく言い訳する痩《や》せた頬の下男に滝壺へ沈められ、千鈴は目を開けていられず、息もできず、苦しかった。泳ぎは幼馴染みの一人から教わっていたのだが、滝壺の深みの中では無意味だ。生きていたいとどれほど願っても、どうにもできなかった。

意識どころか命さえ手放しかけた、そのとき。唐突に、千鈴の身にまといついていた水が失せ、泡が弾ける音が絶えた。喉と胸が痛くなるほどむせて水を吐き出しているあいだに、服が吸った水は急速に乾いていく。手首を縛る縄も何故か解けた。

ひとしきり肺から水を吐き出して荒い息を繰り返しながら、千鈴はやっと、自分が大きな泡の中に入ってしまっていることを理解した。

その泡の向こうで、幻想的な青白い魚の背に乗った男が美しい青緑の瞳で千鈴を見ていたのだ。水と透明な膜に隔てられているというのに、背筋をまっすぐに伸ばさねばと思わせる威厳が感じられた。

そして千鈴は思ったのだ。

なんて綺麗な男の人なんだろう、と。

眼前の男は白神川を統べる水神なのだと、名乗りを聞くまでもなく千鈴は確信していた。彼がまとう色彩や肌で感じる気配は人間のものではなかったし、白神川の滝壺の底に川を統べる水神の御殿があるという言い伝えは、村人なら誰でも知っているのだ。

だが千鈴は恐ろしいと思えなかった。この世のものとは思えない美に、このときはただ見

入っていた。

そうして千鈴は雪峰に拾われ、滝壺御殿で日々を過ごし、屋敷を与えられて今にいたる。

あとで御影から聞いた話によると、あの頃の雪峰は瀧ヶ峰領の統治を少々怠けていて、配下の水神の中で悪さをするものが放置されていたのだという。そのせいで白神川が氾濫したり、里山を越えて麓まで天候不順が続いていたのだ。千鈴が滝壺に沈められたのは、雪峰の怠惰が遠因と言っていい。

それについて千鈴が雪峰を恨んだことは、一度もない。どういう経緯であれ、千鈴にとって雪峰は命の恩人であり、養い親のようなものだ。

けれど千鈴は忘れられなかった。底意地の悪い滝壺御殿の神や妖たちから聞かされた、雪峰はいずれ白雪の大山祇への献上品にするために千鈴を拾ったという事実が。雪峰に甘やかされるようになってからも、千鈴は自分が雪峰と共に生きる未来を思い描くことができなかった。

末娘を売ったある母親が対価の食料を得てほっとしていたことを、千鈴は知っている。

木の枝から落ちて怪我《けが》をした幼い千鈴の手当をあの庄屋の下男がしてくれたことも、千鈴は覚えている。

家族がいなくなっても気に留めず、幸せな日々を築く男がいることも。

どんなに確かな繋がりがあっても、親しみがあっても。己のためにその絆《きずな》を手放そうとするものはいるのだ。千鈴はそれを、故郷で何度も見てきた。千鈴が人買いに売られなかったのを容姿や性格のせいだと言ったのも、赤子だった千鈴に乳をくれた幼馴染みの母親だ。かつてはおおらかで優しい人だったのに、変わってしまった。

『男みたいななりと性格だから、お前の父親も人買いも諦めたんだろうさ』

そう、他の売られた少女たちのように大人しくなかったから、父は千鈴を売ることができなかったのだ。あの頃、人買いに売られることだけが千鈴の存在意義だったのに。全力で暴れ抵抗する千鈴に人買いは『こんな男女では売り物にならない』と吐き捨て、父もそんな人買いに食い下がろうとしなかった。

そうして千鈴は売れ残り、父と自分の食料を求めて山へ向かったのだ。

だから千鈴は、次こそは抵抗しないと決めていた。

誰かのために身を捧げて死ぬのが千鈴にさだめられた生き方なら、せめて、誰に尽くすのかを自分で選びたい。

命を救い、大切にしてくれる人のためにこの身を捧げたい。それでやっと、できそこないの自分にもいくらかの価値が生まれるのだ。

なのに、雪峰は許してくれない。ただ愛されるだけでいろという。存在するだけで、千鈴には価値があるのだと。

その言葉を信じたい、縋《すが》りたい。この腕の中にずっといたい。そんな未練がましい気持ちが生まれて、千鈴は嫌になった。

甘えたままなんて嫌だ。この身にさだめられた生き方で、雪峰の役にたちたい。そのために千鈴はずっと、巫女の修行や勉学に励んできたのだ。いつか訪れるそのときに、雪峰からの献上品としてふさわしくなれるようにと。そのための学びだと疑ったことはなかった。

どうすればいいのだろう。悲しませず雪峰の役にたつには、どうすれば。

誰か、教えてくれないだろうか――。

「これでよし、と」

作業を終え、千鈴は満足そうに呟いた。

雪峰を説得することがついにできなかった夜から二日後の、正午すぎ。赤里の里での買い物から帰ってきた千鈴は、私室で一人作業をしていた。御影は離れに下がっているので、母屋には千鈴以外誰もいない。

「……」

千鈴は廊下側の戸に素早く視線をめぐらせると、静かに立ち上がった。足音を殺して縁側へ出て、滝のほうへ向かう。

滝壺を覗きこんで目元にしわを寄せた千鈴は、滝壺の縁のなだらかな斜面を下りていった。

すると、場の空気から雪峰のかすかな神気が失せる。混じり気のない大自然の気配が千鈴を包む。

雪峰が屋敷に織り成している結界から出たのだ。

丸みを帯びた小石が転がる滝壺の際へ足を踏み入れた千鈴は、隅のほうに人目から隠れているような石を見つけた。そちらへ足を向けると、石を無造作に持ち上げる。

正確には、石でできた正方形の箱だ。一辺が千鈴の指先から肘《ひじ》くらいまでの長さで、でこぼこした灰白の表面にきらめく黒い粒が埋まり、所々に黒い筋が走っている。しかし箱に宿る神力のおかげで意外と軽い。千鈴が腕に力をこめなくても持ち上げることができる。

神の力を宿した道具。いわゆる神具だ。

千鈴の胸は高鳴った。自然と頬が緩む。

千鈴は一つ頷くと、私室に戻った。先ほど整理し終えたばかりの荷を背負い、石箱を両手に抱える。

そう、千鈴は先ほどから外出の準備をしていたのだ。ただし、いつものような日帰りではない。雪峰にはもちろん御影や火守にも言っていないし同行してもらわない、正真正銘千鈴の一人旅だ。

だから今日の午前中、赤坂の里で旅に必要な物を買っていたときも、御影には普段使う物だとか万一のときのためとか言っておいた。千鈴が見たところ御影は疑っていない様子だったので、おそらくはごまかせたのだろう。

もちろん何も言わないまま屋敷を出たのでは、また千鈴の身に何かあったのかと皆思うに違いない。だから事情を説明した文を書いて、午前中に赤坂の里へ行った際、急がなくていいから夕暮れまでに火守へ届けてほしいと知り合いの鬼に頼んである。私が勝手に決めたことだから御影のことを怒らないでやってほしい、とも文には書いておいた。こうすれば、千鈴が珍しくわがままを強行した、で済むだろう。

そう、これはわがままだ。一人で、自分自身の手で雪峰を助けたいという千鈴の身勝手。

でも、もう決めたのだ。

この屋敷で雪峰の訪れを待っているだけなのは嫌だ。自分の力で、絶対に雪峰の役にたってみせる。

決意を胸に、千鈴は部屋から出た。御影に見つからないよう注意しながら、馬屋へこそこそと入る。

外出から時間を置かず主がまた現れたからか、綺羅は不思議そうに目を瞬かせた。千鈴は苦笑して、抱えていた荷物を地面に下ろすと愛馬に近づく。

「悪いな、綺羅。もう一走りしてくれないか？　行きたいところがあるんだ」

頼むと、綺羅は鼻を鳴らした。わかりましたと従順な答えに、千鈴は頬を緩めて鼻面を撫でる。

すると。

「おい千鈴。どこかへ出かけるなら俺に声をかけてからにしろって、前から言ってるだろうが」

馬屋に姿を現した御影はそう、腰に手を当てて呆れに近い声で言った。

御影がいる離れは馬屋と近いので、物音で察知したのだろう。しくじった。千鈴は心の中で舌打ちする。

千鈴の足元の荷物を見て、御影は眉をひそめた。

「おい、なんだその荷物。草を摘みに行くんじゃなさそうだけど」

「……」

千鈴は視線をさまよわせた。どうやって切り抜けようかと言葉を必死で探す。

御影が疑問に思うのは当然だろう。いつもなら籠や手袋程度で草を摘みに行く千鈴がこんなに荷物を用意しているなんて、誰が見てもおかしな話だと考えるに違いない。

「……まさか、さっき赤坂の里で買ってたやつじゃないだろうな」

「……」

重ねられた問いに千鈴は表情を引きつらせ、心の中でだらだらと冷や汗を流した。言い訳がまったく思い浮かばない。

千鈴の沈黙を正解と受けとったのか、御影の表情と声はますます不穏なものになった。

「それに、その箱。気配からすると、中身は神具だろ。でも、雪峰様の加護じゃない。いつ、どこの山祇に力を借りたんだ」

「ど、どこのだっていいじゃないか。それに、ちょっと遠出をするだけだ」

「千鈴、嘘をつくな」

「……」

御影の叱責《しっせき》が飛び、千鈴は押し黙った。やはり御影はこういうとき、千鈴に甘くない。言いたくない。しかしこんなに疑ってくる御影を言いくるめることができるほど、千鈴は口が上手《うま》くないのだ。赤坂の里ではたまたま、その場しのぎができたにすぎない。

腹をくくるしかない。黙った末に、千鈴は長い息を吐いた。顔を御影に向ける。

「……これは、知り合いの山祇からもらったんだ。昨日相談したら、これを使えってさっき持ってきてくれた」

「相談？　っていつだよ。昨日は赤坂の里から戻ったあとずっと、屋敷の中にいただろお前。それにさっきだって、結界に何の異常もなかったぞ」

「裏の滝壺で話をしたんだ。ほら、雪峰の結界は裏の庭園までだろ？　御影に気づかれたくなかったし、雪峰も普段は一々滝壺の様子なんて見てないだろうから、滝壺のそばまで私が行ったらばれないと思って」

嘘は言っていない。千鈴は確かに昨日、雪峰や御影に気づかれないよう細心の注意を払って神に相談をした。それに雪峰に仕えるものたちや領民は、別の滝壺から滝壺御殿へ出入りしているのだ。雪峰も白神川の主であるので意識を向ければ滝壺のそばの様子を知ることは簡単だが、千鈴がいるわけでもない滝壺を普段から観察なんてしていないはず。そう考えて、千鈴は神具を滝壺の片隅に置いてもらったのである。

「お前がそんな、相談事ができる山祇の知りあいを俺の知らないうちに見つけてたっていうのが不思議なんだが」

「赤坂の里とかへ行ったときに、ずっと御影が私にひっついているわけじゃないだろ。御影が知らないところで会ったりすることはできる」

「……」

千鈴が説明しても、御影はまだ納得がいかなさそうだった。それでもありえないわけではないからか、なんなのか。それ以上深く追及せず、両腕を組む。

「……それで、お前は何を相談したんだ」

「その……〝九頭竜の欠片《かけら》〟を回収しようと思って」

「……はあ？」

御影は声を裏返らせた。

第二章　真心は水に映る

白神川《しらかみがわ》の滝壺《たきつぼ》には、滝壺御殿と呼ばれている、瀧ヶ峰《たきがみね》領の地主神の座所がある。

ある、と言っても実際の滝壺の底に建物群が立ち並んでいるわけではない。白神川の滝壺はどれもこの世ならざる世との狭間《はざま》に繋《つな》がっていて、そこに滝壺御殿があるのだ。

その、水中に立つ滝壺御殿の一隅。左右の御簾《みす》が下ろされて壁の代わりとなっている大広間の奥に敷かれた畳の上に、今日《きょう》も今日とて雪峰《ゆきみね》は鎮座していた。

彼の前には、瀧ヶ峰領中から集められた品々が所狭しと並べられている。染め物、反物、彫像、細工物。どれも、一流の職人に作らせたものばかりだ。

だが、雪峰の表情は常と変わらないように見えても、まとう空気は淡々としてすらいない。ぴりと張って重く、部屋の隅々まで届いている。そのため控える神々は、いつ雪峰の機嫌がさらに悪化しないかと気が気でない様子だ。それもまた、雪峰の気に障る。

雪峰は数年前から、白雪《しらゆき》の大山祇《おおやまつみ》への献上品の選別に多くの時間を割いている。〝六花の宴《うたげ》〟の開催は不定期であるものの前回からすでに六十年近くが経過しており、いつ開かれてもおかしくないのだ。瀧ヶ峰領は目立った特産品がないのだから、早めの準備が必要だろう。

しかし並べられた品々を見ても、これならばと安心できるものは一つとしてない。どう贔屓《ひいき》目に見ても、優れているがありふれた品々でしかないのだ。〝六花の宴〟で見た、他領の献上品に劣る。

特に、春裾《はるすそ》領の翡翠《ひすい》の工芸品と比べれば。

あれ以上の品でなくては駄目なのだ。そうでなくては、代わりはあるのだから献上品にならなくていい、と千鈴を安心させてやることはできない。

とはいえ、これ以上を今の瀧ヶ峰領で望むことはできるのか。

これ以上の品を、どうすれば――。

不意に、呆《あき》れとも苛立《いらだ》ちともつかない長い息が場に落ちた。

「いい加減にしろ、雪峰。いつまで引きずってるんだ」

「……」

「千鈴《ちすず》が馬鹿《ばか》なことを言いだしたのに腹がたってるのはわかるが、そんなに苛々《いらいら》しても仕方ねえだろうが。いい加減、落ち着け」

「……」

両腕を組み、火守《ひもり》はじろりと雪峰を睨《にら》みつけてくる。雪峰は口をへの字に曲げ、わかっていると心の中で反論した。

どうして千鈴があのようなことを言いだしたのか、雪峰にはまったく理解できない。確かに雪峰は白雪の大山祇への献上品にするため千鈴を拾ったが、彼女を愛《いと》しく思うようになってからはあらゆる形で想《おも》いを伝えてきたのだ。自分はもう献上品にならないのだと解釈するものだろう。だから、戸惑いながらでも雪峰の愛情表現を受け入れてきたのではないのか。

なのに何故《なぜ》、雪峰のかつての馬鹿げた思いつきを今も正しいと考えるのかわからない。千鈴の価値観は、雪峰の理解の範囲を超えている。

千鈴の考え方を理解できず、納得もできるはずもなく。衝撃的な発言から一夜明けた昨日《きのう》、雪峰の機嫌が最低であるのを見かねたらしい火守に尋ねられるまま、雪峰は千鈴と夜に交わしたやりとりのことを話した。それで火守が千鈴と話をすると言ったので、いくらかは気持ちが落ち着いていたのだ。

それでも、少し苛立たしく思うことがあると思考は飛躍して、千鈴への感情がこみ上げてくる。何故この愛を受け入れぬのかと、疑問とも怒りともつかない荒々しい言葉が雪峰の喉《のど》をせり上がってくるのだ。

おいていかないでと泣いていたのは、他《ほか》ならぬ千鈴自身であるのに――――。

唐突に、重々しく扉を開く音が雪峰の思考を断ち切った。

現れたのは、鬼族の若者だ。身なりからすると、滝壺御殿に詰めているものではない。どこその里の民だ。

「あの、火守様……」

近づいてきた鬼族の若者は、細く、不安と困惑を混ぜた声で火守を呼んだ。雪峰のほうをしきりに見ながら、持っていた文を火守に渡す。

鬼族の若者を下がらせ、文を読みはじめた火守は表情を凍らせた。嘘《うそ》だろ、と大きく見開いた瞳《ひとみ》が感情を語っている。

「どうした、火守」

「……」

眉《まゆ》をひそめて雪峰が問うと、はっと我に返った様子で火守は雪峰を見た。どう言おうか、とばかりに視線をさまよわせる。

千鈴のことか。雪峰は直感した。ここで火守が言葉に躊躇《ためら》うのは、雪峰が激しい反応を示すと予想できるものだからに違いない。

「火守。千鈴はどうした」

「……」

「火守、答えよ！」

焦りが募り、雪峰は命じるように答えを迫った。

千鈴以外の他者にもその感情の繊細な動きにも関心がほとんどない雪峰だが、それでも唯一の友と言っていい鬼の葛藤《かっとう》を見逃がすほど鈍くはない。それに、千鈴同様に火守も正直なのだ。

それでも火守は、すぐには答えようとしなかった。が、ああもうこれだから、と前髪をかき回すと、雪峰に文を突きだす。

雪峰はそれに目を通し、やがて愕然《がくぜん》とした。目を大きく見開き、唇を震わせ、火守がそうしたように、信じられないとばかりに文を見下ろす。

それもそのはず。文は、〝九頭竜の欠片《かけら》〟を献上品の材料にすればいいと思いついたから取《と》無川《なしがわ》の近くのものを回収しに行ってくる、だからしばらく屋敷を空ける。私一人で考えたことだから御影《みかげ》は悪くない、怒らないでやってくれ――といった趣旨の、千鈴から雪峰と火守へ宛てたものだったのだ。

〝九頭竜の欠片〟というのは、瀧ヶ峰領をかつて統《す》べていた黒い竜神の死骸《しがい》のことだ。

その竜神は、寛容で領民に慕われたよき地主神だったのだという。だがあるとき悪意に染まり、九つの頭を有する異形に堕《お》ちて瀧ヶ峰領に害をなすようになった。神や妖《あやかし》は呪詛《じゅそ》や負の感情などによって御魂《みたま》が穢《けが》れ、ゆがんで元に戻れなくなってしまうと、祟《たた》り神と呼ばれる異形の悪神に堕ちて世に災いをもたらすのだ。

瀧ヶ峰領の天候が乱れ川が暴れ狂って草木も枯れ、領民の妖は災害や賊の略奪行為などで次々と死んでいった。力ある神々や妖が九頭竜を討とうとするも叶《かな》わず、事態は悪化するばかり。白雪の大山祇自ら制裁を下そうとするまでにいたった。

だがその直前になって、有志を率いた若い竜神が九頭竜に戦いを挑んで討ち、瀧ヶ峰領に平和をもたらした。この功績によって新たな瀧ヶ峰領の地主神に着任した若い竜神が、先々代である。

新たな地主神は瀧ヶ峰領に棲《す》むものたちのため、何日にもわたる死闘によって辺りに四散した九頭竜の死骸の破片を回収しようとした。だが、大地に根づいてしまった九頭竜の肉片は呪詛を放っていて、地主神であっても近づくこともままならない。生き残った里の巫女《みこ》や神々と共に、比較的呪詛が薄い肉片を浄化しながら回収するのがせいいっぱいだった。

それを哀れに思ったのか白雪の大山祇は、自分が時間をかけて浄化するとして、残りの死骸へむやみに近づかないよう、己の使者を通して瀧ヶ峰領のあらゆる神と妖に通達した。かくして瀧ヶ峰領東部の境界の一部は、半ば禁域のようなものとなったのだった。

千鈴はそんな危険なものを、献上品にするため掘りに行ったというのだ。

〝九頭竜の欠片〟のところへ、一人で。

「――――っ」

静寂の場に、雪峰を中心に凍《い》てついた神力の気配が広がり、部屋に充満した。神々は悲鳴をあげ、扉のほうへと逃げていく。

雪峰は文を落とした。ふらりと立ち上がると、御簾のほうへ歩きだす。

「琳《りん》！」

「おい、屋敷へ行くつもりか？」

猛然と手すりへ歩み寄り御簾を上げた雪峰がめったに出さない大声で乗り物を呼ばわると、火守は焦った顔をした。当たり前であろうと、雪峰は睨みつけて答えを返す。

そのあいだにも、声と共に放たれた神力は狭間の世に広がり、ほどなくして琳が彼方《かなた》からひれをなびかせて姿を現した。雪峰が琳の背に乗ると、舌打ちした火守もそれに続く。

琳はたちまち滝壺御殿を離れて、狭間の世の水中を上昇していった。雲の代わりに広がる一面の青白いもやへ突入し、さらに泳ぐ。

やがて、水中に混じる力の気配が揺らいだ。数拍おいて、水の流れや温度、色が一変する。

白神川の滝壺へ出たのだ。

いつもの道のりを経て千鈴の屋敷の裏庭に着き、琳から下りた雪峰は、縁側に見慣れない石があることに気づいた。

「千鈴の文か……?」

眉をひそめる火守のそばで、雪峰は急ぎ、風で飛ばないよう石が置かれた文を手にして開いた。

そしてまた、絶句した。

〝御影に気づかれてしまったから、一緒についてきてもらうことにした。だから私は安全だ。絶対に屋敷へ帰るから、誰《だれ》かに八つ当たりしないで待っててくれ〟

「――――」

雪峰は、頭の中が真っ白になった。

千鈴が、あの水神と二人きりで旅に出てしまった。

――――――奪われる――――――。

何か感じることを半ば停止した胸中に、呟《つぶや》きが落ちた途端。雪峰の心の奥底からどろりとした感情と共に、神力が湧《わ》き出した。

「待て雪峰！　ここは千鈴の屋敷だろうが！」

「……っ」

雪峰の身から力の波動が生まれた直後。火守に怒鳴られ、雪峰ははっと我に返った。

そう、ここは千鈴の屋敷だ。千鈴と雪峰の寝床なのだ。

雪峰の激情は、一瞬にして静止した。吹き荒れた神力の波動も失《う》せ、辺りに静けさが戻ってくる。

火守はははああ、と長い息を吐き出した。

「落ち着け雪峰。お前が祟り神になったら、洒落《しゃれ》になんねえから。お前の神力はとんでもねえんだからな」

「っこれで落ち着いていられるわけがなかろう……！」

「わあってる。でも暴れるのはやめろ」

火守はそう、雪峰をまっすぐに見据えて言った。

「千鈴が〝九頭竜の欠片〟を回収しに行ったのは、自分の代わりになるものを手に入れるためだろ。なにしろ、竜神の死体の加工品ってだけでも希少価値が高いのに祟り神のなんて、どんな長生きした神だって知らねえだろうお宝だ。〝九頭竜の欠片〟の加工品は、瀧ケ峰からの献上品にふさわしい」

「……」

「だから、千鈴は掘りに行ったんだろ。自分以外で、お前が〝六花の宴〟で恥をかかないような献上品が必要だと思ったから。──全部、お前のためなんだ」

言葉を返せない雪峰に、わかるだろ、と言わんばかりに火守は最後の一言を強調した。

「千鈴は、お前が〝六花の宴〟で宵霧に絡まれないために〝九頭竜の欠片〟を掘りに行ったんだ。連れ戻しても、どうにかして〝九頭竜の欠片〟を掘りに行こうとするに決まってる。そうならねえよう、お前は宵霧の挑発を気にしないと千鈴を安心させられるのか？」

できるわけねえだろという響きを強くにじませ、火守は雪峰にたたみかけてくる。雪峰はただ沈黙を通すしかなかった。

白雪の大山祇の社《やしろ》周辺に積もる万年雪から生った氷雪の神と、大山脈東端の春裾領を統べた女神のあいだに生まれた宵霧は、父神が生った場所を誇って白雪の大山祇の遠縁と自称する傲《ごう》慢《まん》な地主神だ。領地の内外で傍若無人に振る舞う彼を忌み嫌う神や妖は、少なくない。

雪峰自身も、〝六花の宴〟で顔を合わせるたびにしつこく絡んでくるばかりか、瀧ケ峰領にも配下を送りこんではあちこちを荒らして回る宵霧の悪行にうんざりしている。雪峰のことが気に食わないくせに、あの男は無視しようとしないのだ。先日雪峰と千鈴を襲った妖どもも、春裾領のものであることは認めたと赤坂《あかさか》の里の鬼たちから報告を受けているので、宵霧の配下である可能性は極めて高い。

そんな隣領の地主神が次の〝六花の宴〟で、雪峰を挑発してこないはずもないのだ。雪峰も、あの不愉快な男に千鈴のことを話題にされて平然としていられる自信はない。

「雪峰。いくら千鈴が可愛《かわい》くても、お前は瀧ヶ峰の地主神なんだ。まずは瀧ヶ峰のことを考えろ。さいわい、どこへ行ったか書いてあるしな。千鈴は俺《おれ》が連れ戻すから、お前は千鈴から連絡がくるまでここで待ってろ」

「………………」

雪峰はすぐに答えない。答えられなかった。

両の拳《こぶし》をきつく握りしめ、唇を噛《か》みしめ、床を睨みつける雪峰の身の内では感情が暴れ狂っていた。抑制してはいるものの、それでもまとう空気と神力への影響を抑えることはできない。にじんだ感情の荒波は神力となり、辺りに満ちて震わせる。

それも、唐突に凪《な》いだ。

「…………頼む」

顔を伏せたまま火守を見ようともせず、かろうじてといったふうに雪峰は小さな声を絞りだした。

「任せろ」

火守は応じると、即座に踵《きびす》を返して滝壺へ飛びこんだ。数拍して、勢いのある水音が静けさを乱す。滝壺御殿の獣舎に繋いである、愛馬のもとへ向かったのだろう。

「……あやつを滝壺御殿へ運んでやれ」

あわあわと主《あるじ》と滝壺を見比べていた琳に、雪峰は感情のない声で命じた。ただちに琳は身をひるがえし、滝壺へ沈む。

己一人になり、雪峰は私室へふらふらと足を進めた。

もちろん、どこにも千鈴はいない。ただ蝉時雨《せみしぐれ》と滝の音が聞こえるばかりだ。

昼間なので、この屋敷が静かなのは不思議なことではない。千鈴は赤坂の里で頼まれ事を引き受け、日々を過ごしているのだ。日中に何をしていたのか眠る前に聞くのも、早くから屋敷へ来て千鈴の帰りを待つのも、雪峰のささやかな楽しみだった。

なのに、千鈴が自ら危険な場所へ向かった。そう聞いたというだけで、屋敷はもう廃墟《はいきょ》のように寒々しく、二度と千鈴が帰らないのではないかという妄想さえ頭をよぎる。

いや、妄想ではない。〝九頭竜の欠片〟が危険であることは、雪峰も知っている。瀧ヶ峰領に雪峰へ反感を抱く神や妖がいることも、宵霧の手のものがひそんでいることも。

それに、もっとも警戒すべき存在は他にいるのだ。雪峰にとって忌々しくてならない存在が。

「……っ」

荒々しい感情で祟り神になってしまいそうで、雪峰は叫びたくなった。

どうでもいい存在だったのだ。

拾ってしばらくのあいだ、雪峰はまったく千鈴に興味を持たず、火守に世話を任せきりにしていた。その頃《ころ》はまだ、あの娘を生きた供物と考えていたのだ。次の〝六花の宴〟が開かれる日まで五体無事で育っていればいい、生きているあいだに〝六花の宴〟が開かれなかったら死体は妖どもにくれてやればいい――とさえ考えていた。

しかし火守にも仕事があるので、実際のところはほとんど放置に等しい。そんな日々を送らせていることを心苦しく思ったのか、赤坂の里に預けてやれと火守が雪峰に言ってきたことは何度もある。最初のうちは渋っていた雪峰だったが、教養ある巫女に育てたほうが献上品としての価値は高いと考えなおし、やがて許可した。滝壺御殿のあちこちを歩き回る人の子が目障りだと、仕えるものたちから陳情があったことも一因だ。

そうして、御影を護衛としてつけたうえで赤坂の里での巫女修行を許してから、しばらく経《た》ったある日の夕暮れ。雪峰は気まぐれを起こした。そのとき、偶然にも仕事がなく、暇だったからだ。それだけだった。

だが、思えばそれが始まりだったのだ。気づいたときにはもう千鈴は未来の献上品ではなく、かけがえのない巫女となっていた。

その果てが、この恐怖か。最愛の娘を奪われ、失うかもしれないという怯《おび》えか。

「……」

雪峰は顔をゆがめ、〝九頭竜の欠片〟が埋まっている方角――東の空を見上げた。

雪峰とて自ら千鈴を連れ戻し、さらに〝九頭竜の欠片〟を掘りに行こうと考えはしたのだ。

しかし、宵霧がそれを雪峰への攻撃材料に使うのは目に見えている。そのことは雪峰にとってどうでもいいが、結果として千鈴に何か被害がありうるのなら、雪峰は全力で避けねばならない。だから、火守に託したのだ。

なんと地主神は無力なのだろうか。ただ恩義に報いるためと旅に出た、健気《けなげ》で愛しい娘のあとを追うこともままならないとは。一体何のための地位なのか。腹だたしい。

しばらくして、滝壺からまた大きな水音がした。雪峰の視界に火守を乗せた大柄な黒馬が現れると、〝九頭竜の欠片〟が埋まっている瀧ヶ峰領の東部へ向け、力強い足取りで駆けていく。

これで、千鈴は大丈夫なはずだ。火守は雪峰の片腕にふさわしい実力を持っているし、あの黒馬は足が速い。千鈴たちが取無川へ着く前に追いつくだろう。

しかし雪峰は不安を拭《ぬぐ》い去ることはできなかった。

雪峰は滝壺へ身を投げると水面に降り、波紋をたててその場に腰を下ろした。

火守は仕事をしろと言っていたが、千鈴を案じたまま、滝壺御殿で仕事を続ける気には到底なれない。どうせ雪峰の機嫌がよくないことも、雪峰が地上へ向かったことも配下のものたちは承知しているのだ。あとは勝手に段取りを組みなおすだろう。気にする必要はない。

時よ、千鈴が帰ってくるまで疾《と》く過ぎよ。目を閉じ、白神川に意識を溶かして、雪峰は強く祈った。


千鈴の背後から手綱を握っている御影が、馬上から川を指さした。

「おい、あの川の近くにするぞ」

「そうだな。綺羅《きら》、頼む」

頷《うなず》き、千鈴はそう綺羅に声をかける。綺羅はいななく代わりに、速度を落として緩やかな斜面を下りていった。

正午を過ぎた頃からひたすら綺羅を駆けさせ、襲いかかってくる人ならざるものから時に逃げ、時に斬《き》り捨てて、数刻。そろそろ野宿の準備をしようということで、千鈴と御影は野宿によさそうな場所を探していた。

斜面の下に広がる木立の合間へ下り、綺羅は足を止めた。御影が綺羅の背からするりと下りると、千鈴も続けて下りる。

「ありがとう、今日もよく走ってくれたな。今日はここまでだ」

言いながら、千鈴は綺羅の馬具やくくりつけていた荷を外していく。最後に鼻面を撫《な》でると、綺羅はぶるると鼻を鳴らした。

川へ綺羅が水を飲みに行くのを見送ってから、千鈴は荷を解いて中の大きな布を取り出した。どの枝にくくりつけるのがいいだろうかと、木の枝をきょろきょろと見回す。

御影は呆れ顔になった。

「天幕も買ってきたのか……飯と寝るとき用の掛け物以外も色々用意してると思えば」

「行商人から、旅をするときにあると便利だって聞いたからな。これ、雨を弾くように加工してあるって言ってたぞ」

「……お前、危険なところを歩いてるってこと、忘れてないか？」

なんでそうも物見遊山気分なんだ。そんな心の声が聞こえてきそうな声音で、御影は額に指を当てる。振り返ってそれを見た千鈴は、むう、と口をへの字に曲げた。

昼間にこっそり屋敷を出ようとしたところを御影に見られた千鈴は、〝九頭竜の欠片〟を掘りに行くから見逃してほしい、と御影に頼みこんだ。振り切って逃げるなんてできない以上、説得するしかなかった。

当然、御影は許さなかった。

『何言ってるんだお前は。宵霧は手下を瀧ヶ峰に送りこんできてるんだ。お前が〝九頭竜の欠片〟を掘りに行ったと知ったら、絶対にお前をさらうか殺そうとしてくる。お前一人でそれをかいくぐって〝九頭竜の欠片〟を回収するなんて、無茶もいいところだ』

『……』

『それなら雪峰様に、〝九頭竜の欠片〟を加工して献上品にするよう進言するほうがよっぽどましだ。どうせ、〝九頭竜の欠片〟をどうこうしたところで大山祇の神罰が下るわけでもないしな』

白雪の大山祇の通達に背き、〝九頭竜の欠片〟に近づいた神や妖が今までいなかったわけではない。だが、そんな怖いもの知らずが白雪の大山祇の罰を受けたという言い伝えはないのだ。九頭竜の呪詛によって祟り神に堕ち、他の神や妖に討たれた話ばかりが瀧ヶ峰領、特に東部の妖の里に伝えられている。

無断だったと他の神々に知られれば、せめて白雪の大山祇に伺いを立てるべきだったのではと眉をひそめられるかもしれないが、それを聞き流せない雪峰でもないはず。〝六花の宴〟で宵霧が何か言ってきたとしても、やり過ごせばいい。千鈴が〝九頭竜の欠片〟を回収しに行く理由にはならないはずだ。

御影はそう反論したが、千鈴は譲らなかった。

『駄目だ。私が掘りに行く。それが一番いい』

だから見逃してくれ、と両手を合わせて千鈴はもう一度御影に頼みこんだ。その結果、屋敷に閉じこめたあとで脱走されるくらいならと、千鈴のしつこい頼みに負けた御影は同行してくれているのだった。

　御影は長い息を吐き出した。

「なんでお前はこうも子供の頃から、発想が斜め上で大人《おとな》しくないんだ。自分を大事にしろって火守に説教されてすぐ〝九頭竜の欠片〟を掘りに行くって、おかしいだろ」

「どこが斜め上なんだ。自分を献上品にできないなら、代わりになりそうなものを探すしかないだろ？　それがたまたまちょっと危険なものだっただけじゃないか」

「何が『ちょっと』だ。その上、護衛の俺にも綺羅に乗れとか言うし。振り回されるこっちの身にもなってみろ」

　ああもうこの馬鹿が。言外ににじませるどころか口にして、御影は千鈴に手を伸ばした。

「ほら、それ貸せ。あの木の枝にくくりつければいいんだろ？　ついでに夕食の準備もしてやるから、お前は川で水でも浴びて、ついでに雪峰様に連絡してこい」

「？　ここ、白神川の支流なのか？」

「だからここにしろって言ったんだ」

　きょとんとする千鈴に、顎《あご》をしゃくって川を示した御影は苛立たしそうに言った。

「こっちへ来るまでにも白神川の支流を一つ渡ったから、どうせ雪峰様はお前の無事を御存じだろうけど、お前の声を直接は聞けてないんだ。そんなので、あの雪峰様が安心なさるわけないだろ」

「……」

御影にじろりと睨まれ、千鈴はぐ、と唇を引き結んだ。言い返そうとするが、言葉が見つからない。

「今のところは無事だと、俺じゃなくてお前から連絡するのが筋だろ。というか、しろ。お前の家出に付きあってるだけでも、俺が雪峰様に八つ当たりされる理由になるんだからな。家での説明もちゃんとしてこい」

御影はそうぴしゃりと言って、千鈴の肩を川のほうへ押しやった。千鈴が振り返っても、御影はもう天幕の組み立てを再開していて、千鈴のほうを見ていない。

これはもう大人しく、雪峰への連絡をしに行くしかないだろう。御影のことだから、千鈴が雪峰に連絡したか、あとで調べるに違いない。

だが千鈴の表情は歩きだしてからというもの、浮かないまま。足どりは重く、引きずるように、という表現がぴたりとくる。行きたくないなあ、という気持ちが全身から漂っている。

「怒ってる、よな多分……」

あるいは呆れているのかもしれない。滝壺御殿か千鈴の屋敷にいるだろう雪峰を思い浮かべ、千鈴は怯えを声ににじませて呟いた。

書き置きを残してきたのだ。旅に出ると知らせておけば、千鈴が白神川に連なる川を通るたびに無事を伝えられる。取無川も白神川に繋がっているから、向こうから呼びかけがあったらそれに応えればいい。だから雪峰たちのことは心配しなくていいのだとばかり、思っていた。

しかし御影に先ほど指摘されて、雪峰ならそれでも心配すると千鈴は考えなおした。

千鈴を殺そうとした女神を己の手で滅ぼすだけでなく、自分の目がすぐ届く場所に千鈴のための屋敷を領民に建てさせた男なのだ、雪峰は。愚かものに襲われないようにと、御影が護衛についている千鈴の行く先々で露払いをしていたのである。

そんな男が、書き置き二枚で納得し、安心するわけがない。

――置いてきぼりにされるのは、悲しくてつらいことなのに。

千鈴の胸に、刺すような痛みが走った。罪悪感の重しがずしりとのしかかり、痛みを押し広げる。

何故なら、千鈴はかつて帰りを待つ側だったのだ。

千鈴がまだ故郷にいた頃。千鈴の父は時折、夜になるまで家に帰らないことがあった。夕方に家を出たきり、一晩中家を空けていたことも珍しくない。その行動は近所の女たちに注意されても、村が飢えるようになってからも続いた。

そうして父がいない夜のあいだ、千鈴は空腹をかかえてずっと一人でいたのだ。

真っ暗で他に誰もいない、寒い、小さな家に――――。

「……」

罪悪感の痛みに呼び覚まされた心の古傷に目を向け、千鈴は理解した。

雪峰を心配させたくなくて、千鈴は書き置きをした。過保護な雪峰は千鈴を大切にするあまり、暴走するに決まっているから。それを書き置きで少しでも和らげ、足りないぶんは火守に補ってもらいたかった。

だがそれなら御影が言っていたように、雪峰に〝九頭竜の欠片〟を活用するよう上手《うま》く提案して、屋敷で待っていればよかったのだ。そうすれば少なくても、雪峰は千鈴が怪我《けが》をしていないかと心配せずに済んだ。

一度気づいてしまえば、あとは後悔しかない。自分の勝手さと考えの甘さが嫌になる。

一方で、でも、という気持ちもある。

〝九頭竜の欠片〟を回収して赤坂の里の者たちに加工してもらう案は、千鈴なりに考え抜いた末の結論だったのだ。千鈴自身を献上品にすることなく、雪峰が意地の悪い地主神に馬鹿にされないようにするにはどうすればいいのか。その選択が間違っていたのだと、容易《たやす》く認められるわけがない。

ああもう。考えるほどに苛々して、千鈴は吐き捨てた。

「どれもこれも全部、あのろくでなし神のせいだ！　山祇ってもっといいものじゃないのか！　そりゃ変なのもとんでもないのもいっぱいいるけど！」

自尊心の高い神が聞いたなら眉を吊り上げそうなことを、立ち止まって千鈴はわめいた。それでもまだ、高ぶった感情は抑えきれない。

「私はただ、雪峰の役にたちたいだけなのにっ……！」

両の拳を握り、千鈴は悲痛な声をあげた。

腹がたって仕方なかった。どうしてあとになって、するべきだったことに気づくのだろう。

どうしてこんなに悩んで、苛々しなければならないのか。

それでも、そうすると決めたのは千鈴自身だ。

「……」

感情のままに叫んだからか、千鈴は次第に心が落ち着いていくのを感じた。

そう、千鈴が自分で、雪峰に何も知らせず屋敷を出ると決めたのだ。それなら、千鈴は雪峰に連絡するべきだ。怪我一つしていないことを伝えて、勝手に屋敷を出たことを謝って。もし帰ってこいと雪峰が言うのなら、言葉を尽くして説得する。そうしないといけない。

だから千鈴は、川のほとりに立った。

青々と茂る細い木々が頭上を覆い隠し、苔《こけ》むした岩が転がる合間を水が流れている。所々が飛沫《しぶき》で白く、水流の飾りのよう。水音や綺羅もまた、静けさを際立たせるための装飾だった。

心配そうに近づいてきた綺羅を御影のほうへ向かわせたあと。千鈴はしばらくのあいだ、水面を硬い顔で見下ろした。それから意を決して膝《ひざ》をつくと、川面に手を差し入れ、己の力を水の中に放つ。

目を閉じ、雪峰、と千鈴が心の中で雪峰に呼びかけてしばらく。川のはるか下流のほうで、灯《とも》るように神力が生まれた。千鈴が目を開くと、ものすごい勢いで川をさかのぼってくる。

それを察知した魚たちが逃げ、緊張感を漂わせた奇妙な静寂が辺りに漂う中。ついに力は、千鈴の眼前で水面から飛び出した。力の塊はゆがみ、たちまち半透明の雪峰に姿を変える。

雪峰の意識を反映させただけの、ただの幻影だ。それでも千鈴は雪峰の姿を見て胸が詰まり、涙腺が緩んだ。安堵《あんど》と申し訳なさが、せめぎあうように胸の奥に広がる。

千鈴より先に、雪峰が口を開いた。

「……怪我はないか？」

「うん。たまに妖とか神とかが襲ってきたりしたけど、綺羅のおかげでほとんど逃げられたし、御影も守ってくれるから、全然怪我してないぞ」

こくり、と頷いて千鈴は自分の無事を主張する。

しかし、雪峰の反応はどうにも薄かった。そうか、と相槌《あいづち》を打ってくれたものの、特別ほっとしたようにも見えない。それどころか、ますます機嫌が悪くなっていないだろうか。

千鈴は不安になった。

「……雪峰。その、怒ってる？」

「………そうだな。私は怒っている」

言って、雪峰は一度目を閉じた。声の不穏な響きが一層強くなったのを感じとり、千鈴の心の臓は強く跳ねる。

次に目を開けた雪峰の表情は、今まで千鈴が向けられたことのないものだった。

「何故、私に何も言わず屋敷を出たのだ、千鈴。私ではなく御影を連れて、外へ出ているのだ」

「……！」

「言ったであろう。そなたは何も気にせずともよい、献上品は前々から入念に準備を進めている、と。なのに何故、このようなことをするのだ」

肩を揺らした千鈴を問いつめる雪峰の声音と眼差《まなざ》しは荒々しく、燃え盛る炎のような怒りで染まっていた。名や容姿から連想される冷たさなど、どこにも見当たらない。

雪峰が怒っている。陳情や何かの報告をしてきた神や妖ではなく、千鈴に対して。

千鈴が雪峰を怒らせてしまったのだ。

「……ごめん、なさい」

頭を沈めるようにうつむいた千鈴の口から、震えた言葉がこぼれ落ちた。雪峰と目を合わせられない。

〝九頭竜の欠片〟を掘りに行くのを反対されたら説得しようと思っていた決意は、たちまちしぼんだ。今まで一度も雪峰に叱《しか》られたことのない千鈴にとって、この反応は想像以上の衝撃だったのだ。せいいっぱい考えたのにという反発の気持ちも、雪峰の怒りの前には小さくなるだけだった。

泣きたくなって、千鈴は両の拳を握りしめた。それでも泣くものかと、唇を強く噛む。

やはり自分は、屋敷を出るべきではなかったのだろうか。あの神の提案を雪峰に伝え、御影が言っていたように、屋敷で大人しく待っているべきだったのだろうか。

自分の力で雪峰の役にたちたかったのに――。

唐突に、千鈴の肌を刺すようだった雪峰の怒りの気配が鎮まった。

「……すまぬ。そなたを責めるつもりはなかったのだ」

後悔の声が千鈴に降り注いだ。おそるおそる千鈴が顔を上げると、声そのままの色で雪峰は顔をゆがめていた。

「そなたが屋敷を出たと知ってから、心穏やかでいることができていないのだ。それゆえに、感情的になってしまった。許してくれ」

言って、雪峰は手を伸ばした。大きな手が、千鈴の目尻《めじり》から頬《ほお》にかけてを包む。

幻影だから、もちろん感触やぬくもりなどあるはずもない。これは、ただの力の塊に雪峰の意識を通わせてあるだけだ。

だが千鈴は、雪峰に今触れられているような錯覚を覚えた。手のひらのざらついた感触も、ひんやりしているようでも奥で息づくぬくもりも、まるで頬がたった今、本物の雪峰に触れられているかのように感じられる。

「〝九頭竜の欠片〟を加工することは、確かに私も思い浮かばなかった。そもそも存在を忘れていたのだ。あれにまつわる問題など、随分と聞いていないゆえ。……だからこそ、このように自ら危険に飛びこむのではなく、あれを献上品にすればいいと教えてほしかった」

「……」

「そなたが、私のために思って行動してくれたことは嬉《うれ》しいのだ。そなたに要らぬ心配をかけさせたことも、不甲斐《ふがい》ないと思う。だがわかってほしい。私はそなたに危険なことをしてほしくないのだ」

千鈴、と雪峰は改めて名を呼んだ。

「何故そなたはそうも命を惜しまぬのだ。そばにいてくれさえすればよいと、私は先日も言ったであろう。私はそなたの犠牲を望んでいるわけではない。なのに何故、命を懸けたがるのだ」

「……」

「千鈴、教えてくれ。私はそなたを理解したいのだ」

そう乞《こ》う雪峰の表情は、一心だった。どうか、と千鈴の偽りのない言葉を望んでいる。

雪峰をまっすぐ見る千鈴の目に、自然と力がこもった。

気持ちを口にするのは、怖い。雪峰が千鈴の言葉を聞いてくれないかもしれないのだ。千鈴にとって今は、それが何より怖い。

それでも、千鈴は今、自分の気持ちを言わないといけないのだ。

「……私はずっと、自分の人生は誰かの生贄《いけにえ》になるために在るんだと思ってたんだ。故郷の村で大人たちは生きるために自分の子供を売ってたし、おっ父も私を売ろうとしたし。村の庄屋で働いてた人は、雨乞いのために私を滝に沈めた。……雪峰が私を拾ったのは、大山祇の献上品にするためだったし。皆私にそう望むんだから、神様がそう言うんだから、そのための人生なんだと思ってた」

「……」

千鈴を拾った目的を思い出してか、雪峰の顔がかすかにゆがんだ。かつての己の考えを恥じているに違いない。千鈴は心が痛むのを無視して、言葉を続ければならなかった。

「でも雪峰が大事にしてくれるようになってからは、神様が言うんだからじゃなくて、雪峰のために大山祇の献上品になろうと思ったんだ。何かの生贄になるための人生だから、せめて、誰のために生贄になるのか、自分で決めたかった」

「……」

「けど雪峰はそれが嫌だって言うから、他に何を献上品にしたらいいのかって考えて……それで、〝九頭竜の欠片〟が一番いいって思ったんだ」

千鈴は幻影の装束の裾《すそ》を握った。言葉や声や視線だけでなく、手からも気持ちが伝わるようにと願って。

「私は、雪峰に恩返しがしたい。自分の力で、雪峰の役にたちたいんだ」

「……っ」

雪峰は顔をゆがめると、千鈴を抱きしめる仕草をした。それにもまた、千鈴は雪峰の衣の肌触りやその奥のぬくもりと、泣きたくなるほどの安堵を覚える。

「……私は、そなたを慈しみ、そなたの言葉を聞いているつもりで、何も聞かず耳を塞《ふさ》いでいたのだな」

後悔と自嘲《じちょう》が混じった声で、雪峰は言った。

「私は、そなたはただ私に恩義を感じ、私がそなたを献上品にするために拾ったことを忘れずにいるあまり、私のかつての考えに殉じようとしているだけだと思っていたのだ。それゆえ、これほど慈しんでいるのに何故そばを離れようとするのかと、正直なところ、憤っていた」

「……」

「だが違ったのだな。そなたは私のかつての考えに従っていたのではなく、自分が生きる意味を求め、悩んだ末に〝九頭竜の欠片〟を手に入れようと決めていた。……私が思う以上に深く、多くのことを考え、悩んでいたのだな」

「……私は、雪峰のためになることをしたかっただけだ。深くも、たくさんも考えてないよ」

頬を緩め、千鈴は首を振った。

雪峰に気持ちをわかってもらえたのだ。その歓喜が、じわりと千鈴の胸から湧き上がってきた。自分は雪峰に悪いことをしたのだと、今度こそ素直に受け入れる。

千鈴はもっと、考えや気持ちを言わなければならなかったのだ。雪峰にわかってほしいと嘆く前に、私の話を聞けと叫ぶべきだった。雪峰は千鈴を愛《め》でるあまりに暴走することがあっても、千鈴の言葉をまったく聞かないわけではないのだから。

巫女は神の言葉を聞く女だ。だが、自分の言葉を神に伝えることもできるのではなかったのか。

なのにどうして自分は、自分の気持ちを伝えようとしなかったのだろう。言葉を呑《の》みこんでしまったのだろう。千鈴は己の怠惰を悔やんだ。

「そなたが心配なのは、今も変わらぬ。今すぐ私のそばへ戻ってきてほしい。抜け殻ではないこの身で、そなたを抱きしめたい。……だが」

そこで雪峰は一度言葉を切ると、苦笑の息を吐いた。

「その様子では、戻ってきてくれと言っても聞くつもりはないのであろうな」

「……うん」

小さく頷き、千鈴は雪峰をまっすぐに見上げた。

「私は、〝九頭竜の欠片〟を持って帰りたい。〝九頭竜の欠片〟の加工品を献上品にすれば、春裾領の地主神に一泡ふかせられるだろうから。そうやって、雪峰の助けになりたい」

「そうか……」

千鈴の意志の強さを声から感じとったのか、雪峰は仕方なさそうな色の相槌を打った。

「ならば、もう止めたりせぬ。私はそなたの帰りを待とう」

「……！」

雪峰の宣言に、千鈴は大きく目を見開いた。

「……許してくれる？　〝九頭竜の欠片〟を掘りに行くのも……勝手に屋敷を出たことも」

「もちろんだ」

戸惑う千鈴に、はっきりと雪峰は言った。

「そなたは、私のために自分は何ができるのかと考えてくれたのであろう？　ならば、それを拒めるわけがなかろう」

「………っ」

千鈴は胸が詰まって、唇が、それどころか顔がゆがんだ。

胸の奥底から熱いものが生まれて、喉をせり上がってくるようだった。嬉しい、という言葉が安堵と共に千鈴の胸と脳裏を満たし、泣け、わめけと千鈴にささやくのだ。

どうしてこんなにも雪峰は優しいのだろう。不義理をしたのは千鈴なのに、許して、それどころか嬉しそうにすらしている。

「火守がそちらへ向かっている。〝九頭竜の欠片〟へ向かうのは、あやつと合流してからにせよ。大山祇の浄化によってかつてほどの力は失われたとはいえ、あれは危険だ」

「……うん。わかった」

「私の力が必要であれば、召喚せよ。必ず応えよう」

「うん」

「道中は白神川に連なる川を見つけて渡り、夜毎《よごと》連絡してくれ」

「うん。川はどこにあるか、御影に教えてもらう」

千鈴はこくんと頷いた。

「……御影も存分に使え。あれはそなたの護衛だ。遠慮はいらぬ」

「うん。頼りにする」

少しだけ笑い、千鈴もまた雪峰の幻影に抱きつく仕草をした。

「千鈴、どうか無事でいてくれ」

「うん。絶対に帰るから」

祈るような雪峰の願いに、千鈴は力強く応えた。

そうして、雪峰の幻影がゆがみ、かき消えた。姿は欠片も見当たらない。千鈴を包んでいた証《あかし》は周囲に漂う、ひやりとした力の名残ばかり。それがどうにも名残惜しい。

でも、大丈夫だ。もう大丈夫。

意識が通っただけの神力の塊であっても、千鈴に伝わってくるものがあるのだ。脳裏に刻みついた感覚は、容易く全身で再生されるのだ。

ならば千鈴からも、あの幻影の向こうにいる本物の雪峰に伝えられるものがあるはず。

自分たちは、それだけの日々を過ごしてきたのだから。

瀧ヶ峰領と春裾領の境界にある〝九頭竜の欠片〟を回収しに行って、二日目の朝。火が爆《は》ぜる音に混じって、千鈴は周囲にたちこめる食べ物の匂《にお》いでそわそわしながら、旅支度をしていた。

「千鈴、そろそろよさそうだぞ」

「っわかった！」

御影に声をかけられ、千鈴は彼がいるほうへ目をきらきらさせて駆け寄った。しゃがんでいる御影の隣に自分も両膝をつき、御影の視線の先にある、たき火の下の盛り土を見下ろす。御影が呆れた顔をしているのが視界の端に映ったが、構うものか。

御影がたき火を神力の水で消すと、千鈴は盛り土をざるで掘った。埋められていた布の包みを掘り当てると一層顔を輝かせ、熱さを堪《こら》えながら包みの結び目を解く。

中に入っていたのは、布の上で湯気をたてる蒸したての玄米だ。今日の千鈴の朝食である。

御影は玄米を入れた布の包みに水を撒《ま》き、たき火を使って盛り土の中で蒸しているのを見張っていたのだ。

蒸したての玄米を箸《はし》で一口頬張《ほおば》って、千鈴はにんまりした。

「うん、いい蒸し加減だ。美味《おい》しい」

「……そうかよ」

無愛想な相槌を打ち、御影は両腕を組む。千鈴のほうを見ず、周囲へ視線を向けている。

布の包みを土の中から取り出した千鈴は、それを持ったまま御影に首を傾けてみせた。

「御影も食べるか？」

「いい。お前は人間なんだからしっかり食べないと、まともに動けなくなるだろ。そもそも、俺の箸は持ってきてないだろうが」

「これを使えばいいだろ？　私が食べ終わってから」

「できるわけないだろ」

千鈴は箸を示して提案するが、御影は即座に却下した。お前はあほか、と顔に書いてある。

近くで草を食べている綺羅も、首と尾を軽く振っている。千鈴を見る長い顔は、それはやめましょうご主人、と言っているようにしか見えない。

むう、と千鈴はふくれた。確かに行儀は悪いが、物がないのだからこのくらいいいではないか。

しかし、湯気と共にいい匂いを辺りへ漂わせた食料を前に空腹を無視するなど、できるわけもない。千鈴は釈然としないまま、一人で蒸し飯を食べることにした。

すると。

千鈴が食べ始めてすぐ、御影は突然立ち上がった。鋭い目で辺りを見回す。

だが、千鈴には特に異変を感じられない。千鈴は目を瞬《まばた》かせた。

「御影？　どうしたんだ？」

「いや、誰かに見られてるような気がしたんだが……」

言いながら、御影はもう一度首をめぐらせる。しかし表情は不可解そうなままだ。気配の主を見つけられないのだろう。

千鈴も辺りを注意深く探ってみた。が、やはり神や妖の姿は見当たらないし、不穏な気配も察知できない。ごくありふれた、人ならざる世の山中としか思えない。

御影は首をひねった。

「気のせいか……？　いやにはっきりと感じられたんだが……」

「遠くから覗《のぞ》き見してた神じゃないのか？　大山祇とか」

「おい、不敬だぞ」

「平気だろ。この程度で怒るほど、器がちっさくはないだろうし」

御影がたしなめるが、千鈴は注意を聞き流して再び蒸し飯を口に放りこんだ。

白雪の大山祇は、大山脈で起きるすべてを見聞きすることができるのだという。その耳目は普段、天に座す月神から授けられた帯によって自ら封じているが、気まぐれで帯を外して己の社から山々を眺めることがある――というのは、大山脈の神や妖なら知らないものはない常識だ。

盗み見していたのが誰であるにしろ、こちらに直接の被害はないのだから放っておいても構わないのだろう。しかし、不愉快ではある。蒸し飯を食べながらも、千鈴は心の中で罵《ののし》った。

千鈴が朝食を食べ終え、そろそろ出立しようというときになってもまだ、御影はしきりに周囲を気にしていた。先ほどの視線がよほど気になるらしい。

たまりかねて、千鈴は綺羅の背から声をかけた。

「見つけられないのを気にしても、仕方ないだろ。こっちに用があるなら、何かしてくるだろうし。早く行こう、御影」

「……そうだな」

千鈴が催促すると、御影は気配を追うのを諦《あきら》めた。千鈴の後ろに乗ろうと、鐙《あぶみ》に足をかける。

だが、鐙に足をかけようとした御影は突然、鋭い顔つきになって周囲を見回した。千鈴も遅れて、いつのまにか知らない気配が近づいてきていることに気づく。

それも、一つや二つではない。十は確実にある。しかも、千鈴たちを取り囲んでいる。

「御影、さっさと乗れ。ここは逃げるほうがいい」

「……だな」

千鈴が促すと、すぐ御影は同意して千鈴の後ろに乗った。御影が手綱で指示する前に、状況を正しく理解している綺羅は走りだす。

放たれる妖力《ようりょく》を避けながら、綺羅は人ならざる気配の囲いにまっすぐ突進していった。千鈴はそれを止めない。

そして、綺羅は跳躍した。

普通の馬ではありえない、背に翼が生えているかのような長い滞空時間が数拍。川を跳び越えた綺羅の足は、砂利を踏んだ。千鈴の全身に振動が突き上げてくると共に、じゃらら、とすべらかな表面の小石が擦《こす》れる音がする。

さらに綺羅は止まらず、軽々と段差を跳び越えて走っていく。千鈴は御影の腕にしがみつき、普段とは比べものにならない速さに耐えた。

追ってくる気配が完全に絶えてしばらくして、千鈴は綺羅に足を少しばかり緩めるよう指示した。

「撒いたか……？」

「っ左だ！」

叫んだ御影は神力を放ち、いくつもの氷刃を木立へと放った。

枝葉を切り裂きながら木々の合間を飛んだ氷刃は、様々な姿をした十を超える妖のうち、五四の身には突き刺さり、残りには逃げられた。天狗《てんぐ》族とは分類できない、人間と烏《からす》の交ざりものの姿をした妖だ。

そしてそこにもう一体、人の顔をした蛇の異形が姿を現した。こちらは気配からすると、神のようだ。

「綺羅、止まれ」

もはや逃げられない。逃げないほうがいい。悟った千鈴は綺羅の足を止めさせると、素早く背から下りた。御影も続く。

千鈴は妖たちを睨みつけたまま、腰の鞘《さや》から小太刀を抜いた。

滝壺御殿で雪峰に放置されていた頃、運動不足を解消するためにと武芸を少しばかり火守から教わっていたことがあるのだ。雪峰に甘やかされるようになってからもこっそり続け、今も軽い稽古《けいこ》くらいはやっている。術と合わせれば、御影に助けてもらうまでの時間稼ぎくらいはできるだろう。

蛇神は、濁った黄色の目をぎょろりとさせた。

「お前が、瀧ヶ峰領の地主神の巫女か」

「それがどうした。お前たちこそ何者だ、春裾領の地主神の配下か」

「ああ、そうだ！　お前たちを殺せば褒美がもらえるんだ！」

御影の問いを嘲笑《ちょうしょう》するや、蛇神たちは一斉に襲いかかってきた。

だが。

突如、千鈴の傍らで神力の気配が増大した。え、と驚いて千鈴が向くと、雪峰のものに似た、しかし山々から放たれている霊気に近いものが息づいた神気に御影が包まれている。

直後、御影の周囲に何本もの青い矢が生まれた。細くも激しい水流を内包した矢は、尋常ではない速さで放たれ、千鈴たちに襲いかかろうとした蛇神たちの心の臓を正確に射貫く。

倒れ伏した蛇神たちは、ぴくりとも動かない。先日の雪峰は情報を得るために妖を一匹だけ生かしていたが、御影はそんなものは不要とばかり、一匹たりとも生かしてはいなかった。

拍子抜けした千鈴は、小太刀を鞘に収めた。そのそばで、御影はぴくりとも動かない蛇神に視線を落とす。

「そのうち春裾領の奴《やつ》らに見つかるだろうと思ってたけど、この辺りでこんな大勢に狙《ねら》われるとはな。どれだけ春裾領から荒らしに来てるんだ」

「だな。入ってきた奴らは見つけ次第、里の自警団とか火守がたまに連れてってる討伐隊が、片っ端から始末してるんだろ？　それでもまだこんなに来るって、よっぽど褒美が欲しいんだな。春裾領は翡翠の加工品で儲《もう》けてるのに、実は貧しいのか？」

「貧乏な奴はどこにでもいるもんだろ。まあ確かに、あっちもそう豊かな暮らしができるわけじゃないみたいだけどな」

千鈴が言うと、御影は肩をすくめた。

「火守やあっちを通る商人から聞いた話じゃ、春裾領は弱肉強食もいいところで、宵霧の気分一つで領民の生き死にが決まるらしい。いくら稼いでもあいつやその取り巻きに持っていかれるし、逆らって殺された奴は数えきれない。あいつの威光を笠に着て好き勝手する奴もたくさんいるとか」

「うわあ……」

「もちろんあいつを殺そうとした奴は大勢いるけど、誰もあいつに勝てないみたいだな。先代の母神の頃じゃ考えられないくらい今の春裾領はひどいことになってて、祟り神もあちこちに出没しては宵霧やその取り巻きに滅ぼされてるらしい。火守がこっちへ来たのも、だからだって聞いたな」

それは、千鈴も小春から聞いたことがある。火守は元々、春裾領のとある鬼族の里で生まれ少年時代を過ごしたが、荒れはてていく故郷に見切りをつけて瀧ヶ峰領へ流れてきたのだ。その後、ふとしたことから雪峰と交流を重ねるようになり、いつのまにやら側近だと周囲に認識されるようになっていたのだという。

最悪だな、と嫌悪をあらわに千鈴は吐き捨てた。

「それで、自分の領地だけじゃ飽き足らず手下にあちこちの山を荒らさせて、挙句、雪峰への嫌がらせに私を殺そうとしてるってわけか。ほんとに嫌な奴だな、春裾領の地主神は」

「まったくだ」

御影は腰に手を当てて同意すると、千鈴に向き直った。

「だから危険だって言ったんだ。ここへ来るまでにも、雪峰様に反感を持つ山祇や妖に襲われたんだ。先へ行けば、もっと宵霧の手下がお前を襲ってくるようになってもおかしくない。火守やあちこちの里の自警団が定期的に巡回してならずものを排除してるとはいえ、里があまりないこっちは目が行き届いてないからな」

だからさっさと帰るべきだ。そんな意図を言葉ににじませ、御影は千鈴に顔を向けてきた。

だが、千鈴の考えはまったく別だった。身を狙われているのだと理解しても、恐怖は欠片も生まれてこない。

「やだ、このまま行く」

きっぱりと千鈴は宣言した。

「言っただろ。〝九頭竜の欠片〟で作った加工品を献上品にしなきゃ、春裾領の地主神をぎゃふんと言わせられないじゃないか。だったら、引き返すなんてありえない」

「……」

「雪峰にもちゃんと言って、行ってきていいって許してもらえたって、昨夜言っただろ。だからこのまま行く」

「……」

御影は何も言わなかった。だが、唇を開きかけては真一文字に引き結んでいるのを見れば、怒鳴りつけたいのを堪えているだけなのは一目瞭然《りょうぜん》だ。

「………なにもかも、雪峰様のためかよ」

視線をそらして両手をきつく握りしめ、低い声で御影はそう呟いた。

千鈴はきょとんとして、だって、と言った。

「雪峰は私の命の恩人で、養い親というか、ともかく私にとって大事な存在なんだ。献上品になれないなら、他の形で役にたとうとするのは当然だろ。それに」

一度言葉を区切ると、当たり前のことのように御影をまっすぐ見て、千鈴はからりと笑ってみせた。

「御影も、私を守ってくれるんだろ？　なら平気だ」

だって、そうではないか。雪峰は御影を護衛として信頼していて、その御影は千鈴を守ってくれる。千鈴も、自分の身くらいは自分で守るつもりだ。どこに不安の要素があるだろうか。

御影は、呆気《あっけ》にとられたような表情で硬直した。それから手で顔を覆って、指のあいだから長い息を吐き出す。

「……お前にまともな思考を期待した俺が馬鹿だった」

「は？　これのどこがまともじゃない思考なんだ」

「全部。いいからさっさと行くぞ。どうせ、また他の奴が来る」

千鈴が抗議したのに聞き流し、御影は綺羅の背に乗った。意味不明な御影の言動に千鈴はむくれながら、続いて御影の前に収まる。

「ほんっとに暇な奴が多いな、夏なのに」

「どういう理屈だよ……」

千鈴がぼやくと、理解不能といったふうの声で御影は呆れた。

だが夏と言えば、農作業の季節なのだ。そんなに暇で力が有り余っているのなら、春裾領で各地の里の農作業を手伝ってやればいいのにと、農作業の大変さを知る千鈴としては思わずにいられない。

ともかくこうして、〝九頭竜の欠片〟を目指す旅の一日目は、前途多難で始まった。


「千鈴、止まるぞ」

御影はそう言うや、手綱を引いて綺羅の足を止めさせた。

神や妖から逃げ、あるいは返り討ちにするのを数度繰り返した昼。普通の馬の速度で綺羅を走らせていると、後方から馬の足音が聞こえてきた。かなり荒々しい、一頭分の足音だ。

敵か。千鈴は警戒して小太刀の柄に手を置いた。

しかし、御影が馬首を返すと、綺羅よりも大柄な黒馬が鼻息荒く駆けてきていた。その背には、太刀を腰に差した褐色《かっしょく》の肌の男がまたがっている。

考えるまでもない。火守だ。愛馬である阿羅樫《あらかし》に乗って、追いかけてきたのだ。

「――このお転婆が！」

綺羅の背から下りた千鈴が火守のほうへ近づこうとした、そのとき。阿羅樫の背から下りた火守は開口一番、そう千鈴を怒鳴りつけた。阿羅樫に負けない足取りで、ずかずかと千鈴の前に立つ。

「なんでここへ来た！　春裾領との境はやべえところだから絶対に行くなって、前からさんざん言ってるだろうが！」

「……」

「今回は俺が追いついて、お前らも無事だったからいいものの！　下手《へた》したら〝九頭竜の欠片〟の呪詛で狂うか、雪峰に従わない奴らや宵霧の手下どもに殺されてたんだぞ！」

火守の怒りは一言では止まらず、怒涛《どとう》の勢いで続く。眉を吊り上げ、目を怒りで燃やしたそのさまはまさしく鬼。先ほどまでとは違う色の緊張が場に満ちる。

だが、正論だ。一言だって言い返せない。

「――ごめんなさい」

素直に千鈴は頭を下げた。

いつだってそうだ。火守は千鈴が悪いことや危険なことをすれば、必ず叱る。手を上げることはなくても怒気は激しく、眼差しは鋭く、いい加減な気持ちの謝罪で許されることではないのだと、どんな愚かな子供でも理解できるほどだった。

けれど、彼が自分勝手な理由で怒鳴ったことは一度もない。彼が怒るのは、千鈴が間違ったことをしたときだけだ。

これは火守なりの優しさなのだ。そうわかっているから、千鈴が反発など覚えるはずもない。

千鈴が全面的に自らの非を認めたのを見て、さらに火守はぎろり、と御影に視線を向けた。

「お前も、護衛なんだから力づくでも止めろよ」

「その点については反省してる。でも、千鈴のことだから俺や雪峰様が止めても〝九頭竜の欠片〟を掘りに行こうとするのは、わかりきってるだろ。こいつが危険なことをしたがるのは、昔からだし」

「……確かに」

「だろ？　だから、雪峰様を驚かせることになるけど千鈴を行かせるしかないと思ったんだ。雪峰様のことだから、連れ戻しに来るだろうし。もし来なかったら、千鈴にどこかの川で雪峰様に連絡させればいいかと。……千鈴も、雪峰様に戻るよう言われたら聞くかもしれないし」

「って、だからゆうべ、いきなり雪峰に連絡しろって言いだしたのか！」

千鈴ば思わず声を裏返らせた。

道理で、雪峰に連絡しろと千鈴を川へ追いたてたわけである。馬屋で渋々千鈴の頼みを聞くことにしたふりをして、その実、千鈴を屋敷へ帰す機会を窺《うかが》っていたのだ。

「当たり前だろ。昨日はお前が聞かないだろうから止めるのを諦めたけど、〝九頭竜の欠片〟

の回収は雪峰様に任せてお前はあの屋敷にいるのが、お前にとって一番安全なんだ。そもそも、俺は雪峰様に命じられてお前の護衛をしてるんだからな。自分で無理なら雪峰様を頼るのは、当然だろうが」

「……」

半ば睨むような御影の視線に、千鈴は開きかけた口を閉じた。

そう、御影は雪峰の命を受けて千鈴の護衛をしているのだ。本来なら力づくでも、千鈴が雪峰の許可を得ず危険なことをするのを阻止していなければならない。だから行く前も、今朝も、御影は千鈴を説得しようとしていたのではないか。

「……そうするくらいなら、最初から滝壺御殿に千鈴を強制連行して、雪峰に報告すればよかっただろうが。いくら千鈴に甘いっつってもあいつのことだから、守るためなら〝六花の宴〟が終わるまで屋敷か滝壺御殿に閉じこめるくらいはするだろうし。……まあ、だからお前は雪峰に報告しなかったんだろうけどよ」

はああ、と火守が両腕を組んで長い息を吐いた。充満していた鬼の怒気が薄れ、少しずつ場の空気が緩んでいく。

千鈴は目を丸くした。どうしてそこで、だからと火守は納得するのだろうか。

千鈴が答えを求めて御影を見ると、御影は何故かぶすくれた顔になって、視線をそむけた。

「……お前、女神に殺されかけたあと、雪峰様のそばにずっと侍《はべ》らされてただろうが。暇そうにして」

「ああ……」

確かにそうだった。指摘され、千鈴は思い出した。

あのあと雪峰は、千鈴を自分のそばから離したがらなくなった。時折妖の里の視察に連れて行ってもらうことはあったし、赤坂の里で過ごす日もあったから、完全に滝壺御殿でひきこもっていたわけではない。それでも基本的には屋敷が完成するまで、雪峰のそばで毎日だらだら過ごしているだけだったのである。毎日会えるわけではなかった雪峰のそばにいられることはそれなりに嬉しいけど、こうも四六時中はさすがに、と思いつつも口に出せなかった時期でもあった。

御影は、そんな千鈴の気持ちに気づいてくれていたのだ。口にはしなかっただけで。

千鈴の頬は緩んだ。

「……ありがとう御影。また私が退屈そうにするかもしれないって、心配してくれてたんだな」

「別に……お前が〝九頭竜の欠片〟を掘りに行く気満々だから行かせたほうがいいと思ったのは、事実だし」

そっぽを向いたまま御影は言う。それでも千鈴はにこにこするのを止められなかった。

ともかくそんな一幕を経て、三人は旅を再開した。

合流して、三日。三人が瀧ヶ峰領の東端に近づくにつれ、周辺の空気と景色は少しずつおか
しなものになっていった。
満ちあふれていた夏の生命力が、景色から失われていった。植物の姿が少なくなり、あって
も痩《や》せ細って弱々しい。虫や鳥獣の声はなく、神や妖の姿も絶えている。あらゆる生命の瑞々《みずみず》
しい息吹が感じられない。
漂う空気も、清らかな凍えた神力と、それをかき消すような得体のしれないよどんだ空気が
忙《せわ》しなくせめぎあっていて、不安定だ。清らかなのに、穢れている。胸がざわついてどうしよ
うもない。
さすがにこれ以上進ませるのは酷だということで、綺羅と阿羅樫をその場に残し、千鈴たち
は徒歩で〝九頭竜の欠片〟を目指すことにした。
さいわいにも、〝九頭竜の欠片〟の気配は一方向から漂ってきているのがわかるので、向か
う先に悩むことはなかった。荷を分けあい、緩やかな起伏が続く斜面を歩いていく。
せせらぎの音が涼しい取無川を越えて、しばらく。日差しを遮ってくれない枯れ木の枝が途
切れ、乾ききった枯れ木が転がる開けた場所が見えてきた。
そこに、竹の子か何かのような形をした巨石が鎮座する箇所があった。
「火守、あれなのか？」
「ああ。……相変わらず呪詛がきついな」

御影に尋ねられ、火守は巨石を見上げたまま、顔をしかめてそう答えた。

〝九頭竜の欠片〟を封じたそこは、確かに異様な場所だった。

周囲の草木が枯れているということだけではない。草木がかろうじて生えているぎりぎりのところまで、縦に長い巨石を中心に、地面が暗い緑や紫に染まっているのだ。斜面から続く長い溝や、その上に転がる乾いた木々と小石は炭の色をしている。石本来の色が浮いて見え、違和感を覚えるほどだ。

それどころか、白雪の大山祇が成した封印の気配も確かに巨石から放たれているのである。神聖な気配とよどんだ気配が同じ場所から混ざりあうことなく発せられていることが、場の不愉快さを一層際立たせていると言っていい。

あれはよくないものだと警鐘を鳴らす本能を無視して、千鈴は足を速めた。おい、と制止する御影の声も聞かず巨石の前に立ち、辺りをぐるりと見まわす。

「……この変な地面の色って、大山祇の趣味なのか？」

「なんでそういう話になるんだよ……」

思わず千鈴が呟くと、御影は呆れ声でつっこんだ。

仕方ないだろう。地面の色がどう見ても異常なのだから。これでは漂う気配に関係なく、『危険。近づくな』と言っているようなものだ。

しかし御影だけでなく、火守も千鈴に呆れていた。

「んなめんどくせえことを、あの神様がするわけねえだろ。〝九頭竜の欠片〟の影響に決まってる」

「？　火守は大山祇と話したことあるのか？」

「直接声をかけていただいたわけじゃねえよ。大山祇はどういうわけか、雪峰をからかうのがお好きみてえでな。〝六花の宴〟で、雪峰が話相手をさせられてるのを見てたんだよ。……宵霧のたちの悪さは言うまでもねえが、あの神さんも結構なもんだったぞ」

千鈴が目を瞬かせると、火守は微妙に不敬な言い回しで遠い目をした。よほど、白雪の大山祇に絡まれて雪峰の機嫌が悪化していたのだろう。呪詛を浄化しないまま〝九頭竜の欠片〟を贈りつけてやろうか、と千鈴は心の中で白雪の大山祇を罵った。

で、と千鈴のほうをじろりと向く。

「お前はこっからどうやって〝九頭竜の欠片〟を掘り出すんだ？　この馬鹿でかい石の下だぞ。まさか、本当に掘るとか言わねえだろうな」

だったら首根っこ掴《つか》んで連れて帰るからな。火守の言葉は、そんな声が言外ににじんでいた。視線から漂う威圧感は、数日前の説教のときとどこか似ている。

千鈴はひるまない。火守の視線を真っ向から受け止め、見返す。

「巫女らしくやる」

それだけ言って、千鈴は背負っていた行李《こうり》を下ろすと、道具を取り出した。

巨石の四方に榊《さかき》を立て、千鈴はそれに縄を巡らせて場を整えた。白い壺の栓を抜くと、邪気払いの呪文《じゅもん》を唱えながら縄の周囲にゆっくりと水を振り撒いていく。

出立の前日に屋敷の裏の滝壺から汲《く》み、神事で清めた聖水だ。呪詛と邪気を少しでも祓《はら》うには、最適と言っていい。

そう。千鈴は場を清めているのである。自分のような未熟者がこの異常な場で雪峰の神力を招き使いこなすには、地鎮祭の真似事《まねごと》でもして禍々《まがまが》しい気配を祓っておいたほうがいい。千鈴は、自分の実力をわきまえている。

そうして縄の周囲に聖水を振り撒いていると、かすかに声らしきものが千鈴の耳に聞こえてくるようになった。

とは言っても、言葉としてははっきり聞こえてはこない。ただ怨嗟《えんさ》の声なのだと、空気に混じる感情から直感するだけだ。

我に従わぬものは許さぬ。

我を傷つけようとするものは許さぬ。

我を誰と心得るか。

我は瀧ヶ峰の地主神なるぞ――――。

「――――」

千鈴は首を振って、声なき声を振り払った。

これは、九頭竜の声だ。骨肉に焼きついた憎悪ははるかな歳月を経て薄れてもまだ失せず、己を殺した瀧ヶ峰領のものたちへの呪詛を叫び続けている。それが放たれている力と混ざって、周囲の生あるものを狂わせるのだ。

呑まれるな。千鈴は自分に言い聞かせた。これは所詮《しょせん》、この世に焼きついた死者の妄念なのだ。こんなものを聞く必要はない。

作業を終えた千鈴は、巨石にある程度まで近づくと、さらに神具の石箱を用意した。蓋《ふた》を開くと、箱と蓋を足元に置く。

そして、ぱんと拍手を打った。

「此《こ》の九頭竜の穢れ深き地を今日の斎庭《ゆにわ》と祓い清めて――――」

一言の躊躇いも間違いもなく、千鈴は淡々と祝詞《のりと》を読みあげていった。大地の色すら穢されてしまった大岩を前に、儀式のために整えた声音で空気を震わせる。

自分の言葉が散るごとに、整えた場に不可視の力が注ぎこまれていくのを千鈴は感じた。だがその力は、九頭竜の呪詛でも、ましてや千鈴自身の力でもない。千鈴にとっては肌に馴染《なじ》んだ、雪峰の神力だ。

千鈴が祝詞で形を整えた雪峰の力が場に広がっていくにつれ、穢れた大地の色が薄れていった。空気に含まれていた九頭竜の呪詛までもが薄れ、代わりに雪峰の気配がひたひたと浸透していく。巨石を大地に縛りつけていた、白雪の大山祇の力が解けていく。

「――只管《ひたすら》に仕え奉《たてまつ》らしめ給《たま》えと、恐《かしこ》み恐みも乞い祈り、奉らくと白す」

そうして祝詞を結んで、数拍。

突如、巨石にひびが走った。ひびは音をたてて大きくなっていき、巨石を真っ二つに割る。

二つとなった巨石の片方は傾き、軽い地響きをたてて横に倒れた。

立ち昇る土埃《つちぼこり》で千鈴の視界の見通しが悪くなる中、巨石の封印が解かれた地面から、何かが這《は》い出てくる音がした。それと共に、土埃が千鈴の前方で何かに吸いこまれるように消えていく。

土埃が消えて姿を現したのは、ほとんど黒と言っていい灰色の鱗《うろこ》と漆黒の五本の爪《つめ》の、巨大な生き物の足だった。千鈴たちのほうからも見える引き千切られた部分の周辺は鮮やかな赤が散っていて、まるでつい先ほど引き千切られたかのよう。身から放たれる呪詛もまた、封じられていたあいだ周囲に漂っていたものとは比べものにならない。

これが〝九頭竜の欠片〟の一つか。理解する千鈴の脳裏に、再び声が届いた。

許さぬ。許さぬ。

憎らしい、憎らしい。何故。何故我を受け入れぬ。

何が足りぬというのか。

許さぬ。絶対に許さぬ。

我は――――。

る。

千鈴の周囲を、御影の神力が不可視の盾となって囲んだ。同時に、火守が太刀を抜く音がする。

千鈴は足元に置いていた石箱を拾い、蓋を開いた。来い、と強く念じながら千鈴が石箱を九頭竜の足に向ける。

その途端、九頭竜の足は石箱――――千鈴めがけて飛びこんできた。いや、石箱に吸い寄せられたのだ。

九頭竜の足はそれでも爪で千鈴を傷つけようとするが、千鈴は逃げなかった。襲いかかる爪を蓋で防いで、石箱の中へと押しこめる。

石と石がぶつかる音をたてて、九頭竜の足を完全に吸いこんだ石箱の蓋は閉まった。

「千鈴！　無事か！」

「なんとかな」

不可視の盾を解いて駆け寄ってくる御影に、千鈴はこくんと大きく頷いてみせた。

「ほら、ちゃんと〝九頭竜の欠片〟を封印できたぞ。あんなにでかかったのに、爪一本出てない」

「そんなものを近づけてくるな」

上機嫌で千鈴が石箱をずいと御影に見せると、御影は嫌そうな顔をしてあとずさる。

もちろんと言うべきか、太刀を鞘に収めた火守も顔をしかめた。

「年頃《としごろ》の娘が、死体の一部が入った箱を持ってどや顔するもんじゃねえだろ」

「千切れたところが丸見えとか足をそのまま掴んでるならともかく、竜神の足が入った石の箱ってだけだぞ？　虫を入れた籠《かご》みたいなものじゃないか」

千鈴は平然とした顔で言う。そもそも、襲ってきた妖や神を片っ端から返り討ちにしてきたのである。死体の一部が入った箱ごとき、何を怖がることがあるというのだろう。

ともかく、呪詛の源は石箱の中に封印され、力の気配は完璧《かんぺき》に絶たれた。周囲にはまだ九頭竜の足から放たれていた力の気配がうっすらと漂っているが、それも少しのあいだのことだ。いずれ、この辺りにも大山脈の霊気と生命の息吹が当たり前のものとして漂うことだろう。

「あっさり封印することができたな……この足が〝九頭竜の欠片〟なのは間違いないけど、思ったより簡単でよかった」

「死んでからかなりの時間が経ってるのに、あれだけの呪詛を撒き散らかせるどころか動くだけでも、とんでもない呪物《じゅぶつ》なんだけどな」

能天気にほっとしている千鈴の横から、御影はぼそりと冷静な指摘をする。視線は石箱に向けたままだ。

まったくだ、と火守は重々しく頷いた。

「それにしてもお前、よくこんな神具を持ってたな。大山祇の神力が宿ってるじゃねえか。いつこんなものを作ったんだ？」

「……ううん、もらったんだ」

千鈴は首を振ると、石箱を小脇《こわき》に抱えた。火守から視線をそらす。

御影は両腕を組んだ。

「火守が説教した日の昼間に屋敷の裏の滝壺へ山祇を呼んで、何を献上品にしたらいいか聞いてあったらしい。それでその山祇に次の日……旅に出た日の午前中に、滝壺のそばへ置いてもらったって言ってる」

「はあ？　大山祇の神力を宿した神具を持った山祇って、どういう知り合いだ。上の連中かよ」

声を裏返らせ、火守は意味がわからないといった顔で千鈴を見下ろした。

白雪の大山祇は社にいながら大山脈のすべてを知る大神だが、ごくまれに山中を散歩し、下々のものたちと交流することがある。妖の里の言い伝えによると、寛容で優しく、特に子供とたわいもない遊びをするのを好むのだという。あの方は退屈しのぎになることならなんでもお喜びになるからな、とは雪峰の見解だが。

とはいえ、たかだか山中の神ごときが神具を授けられるほど白雪の大山祇と交流を重ねているなんて、普通は考えにくい。地主神でさえめったに会うことのない、尊い神なのである。火守がぎょっとするのも、上の連中、つまり大山脈の最高峰にある社で白雪の大山祇に仕える神々ではないかと考えるのも当然だろう。

御影と火守が不審そうな目を向けてきているのを、首筋のひりつきを通して千鈴は強く感じた。どちらも白雪の大山祇に仕える神々かどうかは別として、千鈴の相談相手が不審に思えてならないに違いない。

あるいは、そんな繋がりをいつのまにか得ていた千鈴自身にも。

千鈴はあえて二人の視線を無視した。白々しいと自分でも思うが、こうするしかないのだ。自分は嘘をつくのが苦手な性分であることは充分承知している。自白させられる前に、この場だけでも逃げなければ。

「ともかく、早く帰ろう御影、火守。雪峰が待ってるんだし」

そう二人を促し、千鈴は踵を返した。実際、長居は無用なのだ。綺羅と阿羅樫を早く迎えに行ってやらないと、神や妖に襲われるかもしれない。

「おい、その箱、本当に大丈夫」

千鈴の態度に納得できないらしい火守が、千鈴の隣に並んでそこまで言いかけたときだった。

大地を駆ける獣の足音がした。感じたことのない力の気配を千鈴の感覚が察知する。

千鈴が首をめぐらせると、枯れ木の合間を猛然と駆けてくる狼《おおかみ》がいた。ただし、その身の丈は普通のものどころではない。肩までも千鈴の背丈ほどはあるだろう、狼の妖だ。

そしてその背には、袖《そで》を断ち落とした派手な色合いの装束をまとった、筋肉質な体躯《たいく》の男が乗っている。首には、四つの白い勾玉《まがたま》。

地主神だ。

第三章　愛の形

ほぼ同時に気づいた御影《みかげ》が、千鈴《ちすず》を背に庇《かば》って前に出た。

直後、地主神は千鈴たちめがけて神力を放った。御影はそれを神力の壁で防ぐが弾《はじ》き返すことはできず、後ろへ押されてしまう。千鈴は御影の肩を身体《からだ》で受け止めることになる。

「…………っ！」

御影は神力を放ち、不可視の壁を押し潰《つぶ》そうとする地主神の神力の塊をどうにか弾いた。弾かれた神力の塊は枯れ木にぶつかり、数本をなぎ倒してやっと消失する。

狼の妖《あやかし》は、毒々しい色彩が残る大地の端で足を止めた。地主神は妖の背から下りると、不敵な笑みを口元に刷《は》き、傲慢《ごうまん》な空気を漂わせて千鈴たちと対峙《たいじ》する。

これ、宵霧《よいぎり》とかいう奴《やつ》じゃないのか。千鈴は胸中で推測した。攻撃的で、偉そうで、強い神力を持っている。どれも、聞いたことがある春裾《はるすそ》領の地主神の特徴そのものだ。

千鈴の推測は正しかった。ぎ、と御影は男を睨《にら》みつける。

「宵霧！　何故《なぜ》、境界を越えて瀧ヶ峰を侵す！　地主神は他《ほか》の領地へ無断で立ち入らぬ掟《おきて》を忘れたか！」

御影が大声でなじると、春裾領の地主神は鼻で笑い飛ばした。

「それを言うなら、お前たちもだろう。〝九頭竜の欠片《かけら》〟に近づくなと、白雪《しらゆき》の大山祇《やまつみ》は古《いにしえ》におおせになっているんだからな」

「それはただの通達で、禁忌ではないはずだ。現に、今まで〝九頭竜の欠片〟に近づいたものを大山祇は罰したことはない」

「罰する前に狂うか祟《たた》り神になって、すぐ誰《だれ》ぞに殺されるからな。春裾領にも話は聞こえているぞ。しかしそれでも、白雪の大山祇は御自分の言葉に逆らうものを不興に思ってはいるだろうよ」

「……！」

嘲笑《あざわら》う色で返され、御影は気色ばむ。もちろん千鈴もだ。掟破りのくせに、一体何を偉そうに言っているのか。

千鈴たちの反応を意に介さず、じり、と宵霧は一歩前に出てきた。

「俺は大山祇の遠縁として、隣の地主神としてそれを止めに来たのだ。大山祇の力で浄化は成されつつあるとはいえ、未《いま》だ〝九頭竜の欠片〟は近づくものを狂わせる力がある、強力な呪物だからな。狂った愚か者に俺《おれ》の領地を荒らされては敵《かな》わん。……一歩遅かったようだがな」

「は！　よく言う。ならずものを放置して、気になったものは何でも奪い、屋敷で贅沢三昧《ぜいたくざんまい》のお前が、そんな御立派な心がけで不文律を破るわけねえだろうが。白々しい嘘《うそ》を吐《つ》くなってのかつての領民であった火守《ひもり》はそう、ここへ来た理由を並べたてる宵霧を鼻で笑い飛ばした。手は鞘《さや》に収めたばかりの太刀の柄を握っていて、すでに臨戦態勢だ。その全身からも、荒々しい気配が漂っている。

「好きなように思っていればいい。ともかく、それをよこせ。お前らが持っていても分不相応だ。俺が大山祇のもとへ持っていってやる」

「嫌だ」

宵霧の命令の響きを即座に斬《き》り捨て、千鈴は石箱を持ったまま一歩前へ出た。怒りを隠しもせず、真正面から宵霧を見据える。

「さっきから黙って聞いていれば、うるさいな。隣の地主神のくせに、なんでこっちに入ってくるんだ。どうせ、これを盗みに来ただけだろ。ただの泥棒じゃないか」

「……っ！」

「自分は地主神だって偉そうにするなら、自分の領地の秩序も大山脈の決まり事も守ったらどうだ。お前の手下がこっちで暴れるせいで、雪峰《ゆきみね》も他の皆も迷惑してるんだ。雪峰はたまに怠けるけど、それでもちゃんと瀧ヶ峰《たきがみね》を統治してるし、大山脈の掟だって守ってるぞ」

大体、と語気を強めて千鈴は言葉を繋《つな》ぐ。

「大山祇に仕える神と地主神の子供ってだけで、大山祇とは親戚でもなんでもないんだろ。目をかけてもらってるわけじゃないみたいだし。よそに迷惑かけても地主神のままでいられるのだって、大山祇が怠けものだからってだけじゃないか。その程度の関係なのに自慢してるって、すごくみっともないぞ」

「貴様っ……！」

「さっさと自分の領地へ帰れ、宵霧。ここは、雪峰の領地の瀧ヶ峰だ。お前が統《す》べる山じゃない。この〝九頭竜の欠片〟も、雪峰のものだ」

荒ぶる感情のまま、千鈴は地主神に対して所詮《しょせん》知ったかぶり、妄言の輩《やから》でしかないと烙印《らくいん》を押した。それどころか一層冷たい響きを声に混ぜて、山と〝九頭竜の欠片〟が誰に属するのかを宣言する。

神よりはるか格下の、人間でありながら。

だって、腹がたつのだ。この地主神は何も知らないし、何もわかっていない。なのに千鈴を見下し、雪峰を馬鹿《ばか》にして、瀧ヶ峰領で好き勝手している。雪峰に嫌がらせをしたい。ただそれだけのために千鈴たちを脅しているのだ。

せめて外面くらいはと礼儀作法を学んできたけれど、こんな地主神に礼儀正しくする気になんてなれない。この神は千鈴や雪峰の敵だ。礼を尽くす必要なんてない。

そして、相手を許せないのは大山祇との繋がりを誇る宵霧も同じだった。

「貴様……！　たかが人間の分際で、地主神の俺を愚弄《ぐろう》するか！」

「愚弄してるのはどっちだよ」

千鈴を庇うように、火守は前へ出た。

「ここまで馬鹿だとはな、宵霧。お前が春裾領を守るために仕方なく他の地主神の領地へ立ち入った？　誰が信じるかよ。今までお前の悪行を放置してきた大山祇も、これ以上はさすがに許さねえだろうよ」

「は！　この俺を大山祇が罰するはずがない！　俺は己の領地を守るため、〝九頭竜の欠片〟を掘り出そうとした愚か者を止めにきたのだからな！」

「だから、そんな嘘を誰が信じるんだよ。あの大山祇だぞ？　お前の嘘を見抜けない御方じゃねえ。下手《へた》な嘘で大山祇を怒らせる前に、正直に言ったらどうだ。『雪峰が大山祇に気に入られてるのが気に食わないから、嫌がらせをしようと思った』ってな」

「っ……！」

火守の嘲笑《ちょうしょう》に、宵霧は顔色を変えた。神力が増大し、場の空気が重く張りつめ、冷えたものになる。

かと思うや、宵霧がかざした手のひらから光が放たれた。

千鈴が反応するより先に、御影が不可視の壁を築いて防いだ。さらに宵霧は力の球を放ってくるが、御影が築いた不可視の壁を千鈴が術で強化し、破壊されるのを防ぐ。

それでも、千鈴の手のひらに伝わってくる力の波動は重い。そればかりか、夏の盛りの時節だというのに周囲の空気がたちまち凍え、まるで冬のようだ。

大山祇の遠縁は自称に過ぎなくても、神々をねじ伏せ、地主神として地域を統べるだけの神力があるのは確かか。千鈴は心の中で舌打ちした。

ふざけんな。千鈴の心は怒りに燃えた。

「っ」

御影がさらに神力を不可視の壁へ注ぎ、力の球を弾き飛ばした。勢いよく飛んだ力の球はやがて崖《がけ》にぶつかり、崖を揺るがし穴を開ける。

そこに狼の妖が突進してきたが、それは火守が太刀を振り払って防いだ。さらに妖力《ようりょく》を放ち、狼の妖を遠ざける。

肩に太刀を担ぎ、宵霧のほうを向いた火守は獰猛《どうもう》に笑った。

「おうおう、隣の地主神さんよ。手下に嫌がらせをやらせるどころか、今度は自分でやる気か？　これは立派な他領への侵略行為。大山脈の秩序を乱す行為だぞ？」

「黙れ！　お前らが骸《むくろ》になれば済むことだ……！」

挑発する火守を嘲《あざけ》り、宵霧は再び力を放ってきた。

今度は球体ではなく、波動だ。氷雪を伴う力の波が、千鈴たちに襲いかかってくる。御影がそれを神力で防いだ。

「火守、あの妖を頼む。まとめて襲いかかられると、厄介だ」

「……わかった」

顔を正面に向けたまま、御影は言う。こちらを向いている余裕がないのは、表情を見れば明らかだ。

火守はちらりと千鈴や宵霧へ視線をめぐらせ、硬い声で了承した。大太刀に妖力の炎をまとわせると、妖を仕留めるべく駆けていく。

普段は怠惰な雪峰に振り回される苦労人にしか見えなくても、火守は瀧ヶ峰領に数多《あまた》いる神と妖たちを押しのけ、地主神の側近を務める鬼なのだ。雪峰が彼にその地位を与えているのは、長年の付き合いがあるからというだけではない。妖一匹ごときに負けるはずがない。

そう信じて、千鈴は宵霧に顔を向けた。――――問題は、こっちだ。

宵霧は神力で大太刀を生み、同じく神力の太刀を手にした御影と戦っていた。一撃一撃、得物がかちあうごとに力の波動が生まれて空気を震わせている。

「は！」

一度宵霧と距離を空けた御影は、太刀を思いきり振り抜いた。生まれた苛烈《かれつ》な神力の塊はたちまち青白く横へ伸びて、神力の槍《やり》となる。

え、と千鈴が目を大きく見開いた直後、青白い槍は宵霧めがけてものすごい速さで飛んでいった。

宵霧が後方へ下がって避けてすぐ、槍は宵霧がいた場所に刺さって弾けた。神力の波が生まれ、風が吹く。千鈴たちの服の裾《すそ》をかき乱す。

さらに、槍が刺さった場所から、水が噴き上がった。木々よりもはるかに高く上がったそれは、蛇の形に変わって宵霧に襲いかかる。

が、それは宵霧に届かず氷塊となる。宵霧は氷雪の神の血を引くのだ。このくらいは当然だろう。

千鈴は心の中で舌打ちした。

御影は水神だ。水と氷なんて似たもの同士、力の相性が悪すぎる。だが名前そのままに火炎を得意とする火守は今、妖のほうにかかりきりでいるのだ。助けを求められない。

ならば雪峰の力を借りて、力で押しきるか。どう動くべきかと、千鈴は思考をめぐらせた。

だが。

御影の攻撃をかわした宵霧が、突然千鈴へ大太刀を向けた。千鈴めがけて氷の矢を放つ。

「千鈴！」

御影が叫んだ。不意をつかれた千鈴は、反応が遅れた。

間に合わない――――。

千鈴の思考が真っ白になった、その刹那《せつな》だった。

周囲で突如、神力が噴き上がった。かと思うや、宵霧が放った氷の矢を呑《の》みこむ。

この力、雪峰だ。でも、千鈴が雪峰の力を招いていないのにどうして。

千鈴は困惑して辺りを見回し、さらに混乱することになった。

御影の姿が、ぐにゃりと揺らいでいたのだ。

さらに次の瞬《まばた》きで、御影の姿は何もかもが変化していく。

千鈴よりさらに頭一つ半は高い背丈。膝《ひざ》に届く純白のまっすぐな髪、美しい青緑の瞳。優美の極みの姿。

「雪峰――――っ？」

そう叫んでしまったのは、千鈴だったのか。あるいは宵霧だったのか。

この場にいるはずのない水神の姿をした神は、自嘲の色で唇をゆがめた。

「……俺は、その名の水神じゃない。御影だ」

そう告げる水神の声は、やはり雪峰そのものだ。放つ神力もそう。御影の神力は雪峰に似ていると言っても、これほどではないはずなのに。

御影と名乗る水神は、片手に神力を集中させた。かの神が宵霧に向けて放ったものよりはるかに強大な神力は、青白い刃《やいば》の形となって宵霧に切っ先が向けられる。

ぶんと白い一閃《いっせん》が走るや、その軌道の先にある宵霧の肩口が赤く裂けた。

「――――！」

「――――雪峰！」

苦痛で顔をゆがめた宵霧が神力を放つか否かで、千鈴は雪峰に助力を願った。手のひらに宿った雪峰の神力の重みに耐えながら、水神と己に向けられた宵霧の神力を阻む盾に変える。

雪峰の神力の盾に弾かれた宵霧の神力が、彼の眼前で地面をえぐった。自分の攻撃が失敗に終わった宵霧は、血がしたたり落ちる肩口に手を当てながら千鈴たちを凄《すさ》まじい形相で睨みつける。

「貴様ら……！　雑魚のくせに、この俺に傷をつけるか！」

「嫌みだけならまだしも、嫌がらせでよその領地に入ってくるようなろくでなしが言うなよ」

嘲る声が場に響く。千鈴たちがはっと振り向くと、返り血を浴びた火守がこちらに戻ってきていた。

火守は鼻で笑った。

「この状況でそれとは、お前らしいな。しかし、どうするつもりだ。相手してやってもいいが、その怪我《けが》でどこまでやれる？　仮に領地へ戻ったとしても、弱った奴は地主神だろうが殺すのが春椐領だろ。お前もそうやって、母神から領地を奪ったんだ。同じように殺されるぞ？」

宵霧にまったくひるむことなく、火守は挑発した。その全身からもまた、妖力がゆらりと立ち上る。

水神も己の神力をまとい、臨戦態勢をとった。

そこに、火守と共に一度姿を消していた狼の妖が戻ってきた。だが左の前足に傷を負っていて、足どりはぎこちない。毛並みは主と同様、赤く汚れている。

夏とは到底思えない、硬質で重く、肌寒いいくつもの神力と妖力の波がぶつかりあい、風が生まれた。力の波のせめぎあいに応じて絶えずその向きを細かく変えながら、外へと外へと吹き荒れる。

その力の波の中で、もっとも苛烈なのは宵霧だ。しかし、ただでさえ出血は絶えていないというのに、怒りを全身であらわにしたことで、宵霧の身体からは一層血が多量に流れていた。かの神の一撃は、けして浅くないはずだ。だからか、宵霧もすぐには襲いかかってはこない。こちらが多勢であるのも一因だろう。

勝機はこちらにある。明るい見通しがたち、疲労で手足を重く感じながらも、千鈴は宵霧の挙動を見逃さないよう目を凝らした。男たちと同じく、いつでも術を唱えられるようにする。

睨みあっていたのは、わずかなあいだだった。

「…………興覚めだ」

唐突にそう、唸《うな》るような低い声で言ったかと思うと、宵霧は神力の放出をやめた。千鈴がえ、と目を丸くしているうちに身をひるがえすと、傷ついた妖の背に乗り、木立へと去っていく。

それでもまだしばらくは、誰も口を開かなかった。力こそ抑えはしたものの、宵霧が去ったほうを睨みつけ、警戒を崩さない。

もはや奇襲もないだろうと確信できる静寂が訪れ、誰ともなく警戒を解いた。張りつめていた空気が緩み、それをきっかけに、千鈴もまた長い息を吐く。

「だったら来るなよ、最初から……」

自分の領地じゃないところへ泥棒をしに行った挙句、返り討ちにあって捨て台詞《ぜりふ》を残して逃げ帰るなんて、かっこ悪すぎる。

太刀を下ろした火守は、千鈴と水神のほうを向いた。

「お前らは怪我とかないか？　その箱も」

「うん、私は平気」

「俺も問題ない」

「箱も……うん、何ともない」

火守に確認を促され、千鈴と水神は頷《うなず》く。さらに千鈴は、腕に抱く石箱を見下ろした。

あれほど千鈴が振り回していたのに、石箱の蓋《ふた》は固く閉ざされたままだ。中に入った〝九頭竜の欠片〟も、おそらく特に損傷はないだろう。

戦闘中は存在をほとんど忘れそうになっていたが、これが旅の目的なのだ。宵霧に奪われなくてよかった。自分たちと石箱の無事に、千鈴は改めて安堵《あんど》した。

しかし、それよりも。

千鈴が水神のほうを見ると、ちょうど水神の姿はゆがみ、雪峰の姿形が御影のそれに変わろうとしていた。雪峰の神力が緩々と周囲に放たれていく。

次第に御影の姿になっていく水神を、千鈴はまじまじと眺めまわした。

「御影……だよな？」

「どこからどう見ても御影だろうが」

千鈴がつい確認してしまうと、火守が呆《あき》れ声でつっこみを入れた。

むうと千鈴はふくれた。

「だって、いきなり雪峰の姿になったんだぞ？　驚くのは当然じゃないか」

「そりゃそうだけどよ……そういやお前は、見たことなかったんだったか。小春《こはる》から聞いてると思ってたんだが」

なら仕方ないか、と火守は一つ頷く。太刀を鞘に収めた。

完全に御影の姿になった水神は、ふいと顔をそむけた。

「……俺は、瀧ヶ峰全体の霊気と雪峰様の神力が白神川《しらかみがわ》の滝壷《たきつぼ》で混じっているうちに、偶然生ったんだ。だからあの方の神力を多く取りこむと、姿もあの方のものになってしまいやすい」

「ってことは、御影は雪峰の子供になるのか？」

千鈴は目を見開き、思わず声をひっくり返した。

だって、雪峰と御影が親子だなんて千鈴は今まで一度も聞いたことがないのだ。姿だって似ていない。彼らはいつだって主従として相手に接しているし、火守を含めた他の神や妖たちもそうだ。二人は親子かもしれないと千鈴が疑う理由はなかった。

だが、それなら先ほど雪峰の神力が突然あふれたのも納得できる。この水神、いや御影がとっさに雪峰の神力を招いたのだ。ほとんどの神は他の神を召喚したり神力を借り受ける能力を持たないのだが、対象が親兄弟や伴侶《はんりょ》であれば可能なのである。

　御影の横顔はますます不機嫌な色を帯びた。

「あの方が俺を息子として扱ったことは一度もないし、俺だってあの方を父と思ったことはない。あくまでも俺の根源の一つが、あの方の神力だってだけだからな」

「……」

「あの方にとって俺は、自分の神力から偶然生った白神川の水神でしかない。だからあの方は、俺をお前の護衛兼監視役にしたんだ。さっき俺の呼びかけに応《こた》えたのも、お前を守るためだからだ」

　そう答えていく御影の表情は、淡々としていた。強がりではなく、本当に父親とは思っていないのだろう。顔に不満は見えない。

　千鈴はなんとも言えない気持ちになった。

　情のない親子がこの世に存在することに違和感《いわかん》はない。故郷では千鈴以外にも、親の愛情を満足に与えてもらえない子供はいた。飢饉になれば愛していない子供を積極的に売る親も、他の家族から食べ物や水を奪う子供もいた。そうした醜い部分がないだけ、雪峰と御影の関係はまだましと言えなくもない。

　ただ、御影に対する罪悪感にも似た感情が千鈴の胸を小さく刺すのだ。

自分には雪峰がいるけれど、御影のことは誰が大事にするのだろうか――と。

「……」

気づけば千鈴は、御影の頭に手を伸ばしていた。優しい気持ちで、手つきで御影の頭をよしよしと撫《な》でる。

当然というべきか、御影は意味不明といった顔になった。

「……なんなんだ、いきなり」

「いや、なんとなく。したかったから？」

「なんで疑問形なんだ」

御影は呆れたふうに言って、千鈴の手を払った。

「……さっきも言ったけど、俺は雪峰様を父と思ったことはないからな。さみしいとか思ったことも。お前とは違う」

「うん、わかってる」

言われるまでもない。これは千鈴の心の奥底にまだ残る父との記憶が、御影が自分と立場が少しばかり似ていることを知って騒いでいるだけだ。御影への同情や罪悪感だけでなく、幼い頃《ころ》の自分への哀れみにも近い。

自覚してても千鈴はこの水神に今、無性に優しくしたくなったのだ。なんだかんだ言っても最後には無茶を聞いてくれる、不器用で優しい〝兄〟を労《いた》わりたかった。

はあ、と火守は疲れがにじむ息を吐いて、髪をわしゃわしゃとかいた。

「んじゃ、さっさと綺羅《きら》と阿羅樫《あらかし》を迎えに行って、取無川《とりなしがわ》で雪峰に連絡するぞ」

「火守、いいのか？　千鈴が呼んだら、雪峰様は仕事を放棄なさるぞ」

御影が不思議そうに言うと、いいもなにも、と火守は苦虫を噛《か》み潰した顔をした。

「どうせあいつは、仕事してねえに決まってるんだ。だったら、とっとと仕事に手がつくようにさせるしかねえだろ」

「……」

言葉と共にちらと視線を火守に向けられ、千鈴は視線を泳がせた。

確かに、雪峰は何かと仕事を放棄したがる怠け神なのだ。先ほども千鈴や御影の呼びかけに応えていたし、屋敷の裏の滝壺でずっと千鈴を待っていてもおかしくない。滝壺御殿で仕事をしている神や妖は、あの小娘のせいで仕事ができない、と千鈴に恨み言を言っていることだろう。

唐突に、宵霧が去った方角とは反対のほうからものすごい速さの足音が聞こえてきた。音がするほうを向くと、巻き上がる土埃《つちぼこり》の中から馬のいななきが聞こえてくる。

綺羅と阿羅樫だ。

千鈴の推測は正しく、ほどなくして綺羅と阿羅樫が千鈴たちの前に到着した。千鈴が声をかけるより先に、綺羅は千鈴に頬《ほお》ずりしてくる。

「怖いのに、さっきの神力とかを心配して駆けつけてくれたんだな……ありがとう」

頬を緩ませ、千鈴は愛馬の首筋を撫でてやる。隣では火守も、呆れ顔をしつつも阿羅樫の頭を撫でてやっていた。

「おら、千鈴。さっさと取無川へ行くぞ」

「うん」

火守に促され、千鈴はこくりと頷いた。期待で胸の鼓動が高鳴る。

そう、あともう少しだ。もう少しで雪峰に会える。雪峰のことだから、幻影ではなく実体で琳《りん》に乗って、ものすごい速さで川をさかのぼってくるに違いない。

心配と安心を混ぜた顔の雪峰にこの石箱を渡して、自慢して。皆で一緒に帰るのだ。

ぐつぐつと音が鳴っている。辺りには煮こむ匂《にお》いが漂い、食欲をかきたてる。

「これでよし、と」

鍋《なべ》の中身をおたまですくい、味を確かめて千鈴は頷いた。術で火を止め、食器に料理をよそっていく。

取無川をさかのぼってきた琳の背に乗って最寄りの白神川の滝壺へ向かい、滝壺御殿から屋敷の裏の滝壺へ出て帰宅したあと。綺羅にもうひと頑張りしてもらって赤坂《あかさか》の里で食材を買ってきた千鈴は、一人で夕食を作っていた。

御影と火守には今回、随分迷惑をかけたのである。雪峰にも心配をかけてしまった。だからせめて、夕食を御馳走《ごちそう》して詫《わ》びの気持ちを示そうと思ったのだ。もちろん、馬屋にいる綺羅と阿羅樫には好物の野菜を与えてある。

がらと台所の戸を開ける音がした。振り返ると、一度滝壺御殿へ戻った火守が入ってきたところだった。

火守は膳に載せられた品々を見て、おお、と声をあげた。

「今日《きょう》は豪勢だな」

「うん、いっぱい食材を買ってきたんだ。喜平太《きへいた》さんとこの餅《もち》菓子も買ってきたぞ」

と、千鈴は台に置いた包みを指さす。

よし。火守は満面の笑みで、千鈴の頭をわしゃわしゃとかき回した。火守もあの店の餅菓子が好物なのである。喜んでもらえてなによりだ。

膳に料理を載せ終えた千鈴は、膳を食事の間へ運んだ。すでに御影は来ていて、縁側から夜の山々を眺めている。

「御影、できたぞ」

「ん」

千鈴が声をかけると、御影は振り返った。縁側から部屋の中へ移動し、千鈴が置いた膳の前に座る。遅れて火守も食事の間にやってくる。

台所と食事の間を往復して千鈴が人数分の膳を置くと、御影は眉《まゆ》をひそめた。

「……一つ、多くないか？」

「？　雪峰のぶんだぞ。いつもは食べないけど、今日くらい一緒に食べたっていいじゃないか」

「………あの方も一緒に食べるのか？」

「？　そうだけど」

御影は何をそんなに渋っているのだろう。千鈴は首を傾《かし》げた。父子の認識が乏しいのだから、火守と一緒に食べるようなものだろうに。

「雪峰は私室だよな？　じゃあ呼んでくる」

「おお。んじゃ先に食ってるからな」

「うん」

すでに箸《はし》を持っている火守に千鈴は頷いた。足早に私室へ向かう。

雪峰は、戸を開け放した室内に腰を下ろして庭園を眺めていた。

「雪峰、夕食ができたぞ。皆で食べよう」

「……」

「雪峰？」

反応がなく、千鈴は目を瞬かせた。雪峰のそばまで近づく。

すると。

「……行かぬ」

「へ？」

「食事の間へは行かぬ。膳は御影にでも、こちらへ持ってこさせればよい」

千鈴を見上げ、雪峰は繰り返した。その表情はどこか不機嫌というか、拗《す》ねた子供のように見える。

千鈴は眉を下げ、しゃがんだ。

「雪峰……なんでそうも、皆で食べるのを嫌がるんだ。火守と御影だぞ？　私と一緒に食べるのと変わらないじゃないか」

「私にとっては違う。そなたとだから、よいのだ」

ぷい、と雪峰はそっぽを向く。完全に子供の拗ね方である。

なんなのだ、これは。千鈴は困った。今まで雪峰の怠け癖や不機嫌を宥《なだ》めたことは数知れないが、こういう子供じみた方向は初めてだ。

要するに千鈴と二人きりで夕食を食べたいということなのだろうが、しかし火守は親友で、御影は息子であり臣下の水神だろう。どうして食事を共にするのを拒否するのか、千鈴にはまったく理解できない。

これはきっと、今までの機嫌をとる方法では食事の間へ連れていくことはできない。どうすればいいのか。千鈴が思考をめぐらせていたときだった。

「おい」

足音がしたかと思うと、火守の声が廊下から聞こえてきた。よかった、火守にも加勢してもらおう。助けてもらおうと千鈴は振り向く。

しかし。

「千鈴。お前らの飯は、ここに置いていくからな」

「はっ?」

なんで火守は膳を二つ持ってるんだろう、と千鈴が不思議に思ったのも束《つか》の間。火守は膳を二つとも、戸を開け放したままの部屋の出入り口に置いた。ちょっと待て、と千鈴が制止するのも無視して、じゃあなと一言残し、さっさと逃げていく。

もしかしなくても火守、雪峰がごねるって最初からわかってたんじゃないのか……?

先に食べておくと言っていたのといい、実にいい間で膳を置いて逃亡したのといい、そうとしか考えられない。もしかすると、御影もこういう展開を察していたのだろうか。

口うるさい側近が容認してくれた機会を、雪峰が逃がすはずもない。気づいたときには、千鈴はぐいと手を引っ張られていた。千鈴の視界は回転し、雪峰の腕の中に収まる。

ああもう駄目だこれ。千鈴は呆れとも諦めともつかない息を心の中で吐いた。

「……雪峰、わかったから。二人で食べるから、膳を取りに行かせてくれ」

「……」

身体に回された手に触れ、雪峰を振り仰いで千鈴は乞《こ》う。数拍して雪峰が無言で解放してくれたので、さっさと二人分の膳を運ぶ。

そうして、想定外の形で千鈴は夕食を食べることになった。

向かいあって食事しながら、二人はぽつりぽつりと、離れているあいだに何をしていたか話しあった。とは言っても、雪峰はやはりこの屋敷で仕事放棄を決めこんで千鈴を待っていたとのことで、ほとんど千鈴が話すだけだったが。

食べ終えた膳を片付け、入浴も済ませ、千鈴は私室に戻った。疲れが一気に押し寄せてきて、手足がずしりと重い。目をしきりに瞬かせながら、掛け物を入れてあるほうの物入れへ向かおうとする。

しかし千鈴はそこで視界に入った、月光に照らされた雪峰の横顔に眉をひそめた。

口元を引き結んだ硬い表情、重い空気。夕食が終わる頃にはましになっていた機嫌が、何故か夕食の前まで逆戻りしている。

なんかまためんどくさいことになってるな、この神様。

少々ひどい本音を千鈴は心の中で呟《つぶや》いた。眠気で自制心が緩んでいるのかうっかり声に出しそうになったが堪《こら》え、雪峰のそばに膝をつく。

「……雪峰。まだ機嫌、なおさないのか」

「……」

「何がそんなに気に入らないんだ？　二人で一緒に食べたし、もういつもみたいに二人きりじゃないか」

今にも落ちそうな瞼《まぶた》を気力で開け、呆れの色を少しばかり混ぜて千鈴は言った。何が原因なのかわからないが、千鈴は疲れているのだ。早く雪峰と一緒に眠りたい。

しかし雪峰からの視線にいつものような甘さが見当たらないのを見て、千鈴は事態が悪化していることにようやく気づいた。眠気がすうっと引いていく。

「……そなたが湯殿へ行っているあいだに、火守から聞いた。そなたが〝九頭竜の欠片〟を掘りに行こうとしたのは、山祇を裏の滝壺に招いて相談したからだそうだな」

「……」

ぎくり。千鈴の表情が固まった。

「大山祇の力を宿したあの神具も、その山祇から譲り受けた品。しかしその山祇は、御影も心当たりがないとか。そなたには山を歩く際、必ず御影を連れていくよう言ってあるにもかかわらず」

「……」

火守の馬鹿っ……なんで雪峰にばらすんだ！

雪峰の冷たくも激しい視線を浴び、顔をひきつらせた千鈴は心の中で叫んだ。神具の出所なんてどうでもいいではないか。ちゃんと〝九頭竜の欠片〟を封印できたのだから。

「千鈴、どこの山祇だ」

「ど、どこって……」

問われ、千鈴はうろたえた。雪峰の声音は鋭く、表情はどういうわけか苛々《いらいら》しているように見える。

「……なんで、そんなことを知りたがるんだ。いつもは、私が山祇や妖と話をしても何も言わないのに」

「……」

どうしてこんなに必死になって、雪峰は千鈴から聞きだそうとするのか。千鈴が困惑して問い返すと、雪峰は気まずそうに視線をそらした。

「……そなたが縁側に置いた文を読んだとき。私は、御影にそなたを奪われると思った」

「奪われるって……」

なんだ、それは。意味がわからず千鈴が目を瞬かせると、雪峰は自嘲で顔をゆがめた。

「情けないことだがな。私は、御影に嫉妬《しっと》しているのだ。自分でそなたのそばにつけておきながら。そなたのそばに常に在るのをねたみ、そなたがあの水神に心奪われはせぬかと怯《おび》えているのだ」

「っそんなこと」

「ああ、そうだ。ありえぬのだろう」

ありえないと千鈴が反論するより早く、雪峰は己の言葉を否定した。

「それでも、この嫉妬と不安はどうにもできぬ。そなたが御影と二人で旅に出たと知ったとき、私はあの水神に嫉妬した。私に何も話さず、同行者に選ばなかったとそなたに腹をたてもした。それゆえ先日、そなたに感情をぶつけてしまったのだ」

まったく愚かなことをしてしまった。雪峰は呟いた。

「今もそうだ。そなたが今まで御影以外のどのような山祇や妖と親しくしていても、何とも思わなかったというのに、こたびに限ってはそう思えぬ。どこのものなのか、そなたとどれほど親しいのかと気になって仕方ないのだ」

「……」

雪峰の視線が次第に下がっていく。千鈴はそれを、見ているしかなかった。

先日は初めて雪峰から怒りを向けられたが、こんな姿も千鈴は今まで見たことがない。自信がなさそうで、考えることに疲れてもいるようで。千鈴をすっぽりと腕の中に収める身体なのに、今はもっと小さくなっているようにさえ錯覚する。

だが、雪峰がこんな顔をしているのは千鈴のせいなのだ。

「……夢の中で、たまに会ってる奴なんだ」

うしろめたく、申し訳なくて、千鈴は視線をそらしたくなるのを堪えながら説明した。

「雪峰に拾われてしばらくした頃に会ってから、年に何度か来るんだ。色々世間話をしたり、遊んだりしてる。追いかけっことか、貝合わせとか。そういうことしてるうちにあいつのほうから、私が呼んだら召喚に応じてやるって言ってきたんだ」

「……」

「あいつの力が必要になることなんてなかったから、今まで呼んだことはなかったんだ。でも雪峰が私を献上品にしないって言ったあと、考えたけど、何を私の代わりになる献上品にすればいいかわからなくて。それで、夢の中にあいつを呼んで相談してみたんだ」

千鈴が雪峰と〝六花の宴《うたげ》〟の話をした、翌日の昼。千鈴は招かれよと呼びかけながら私室の縁側で昼寝をし、馴染《なじ》みの神を招いた。普通なら神の召喚にはきちんとした儀式が必要だが、招く許しを得ているので神事は不要なのだ。

『〝九頭竜の欠片〟がいいかな』

千鈴の夢を滝壺の景色に作り替えた馴染みの神は、千鈴にそう言った。

『そろそろあれの呪詛《じゅそ》も頭以外は、短時間ならそばにいても狂わない程度には浄化が進んでいるんだよ。あとは、お前や他の巫女が山祇の力を借りるなりしてさらに浄化すれば、〝六花の宴〟までに工芸品か何かに加工できるんじゃないかな』

そう言われて、千鈴は小春のことが思い浮かんだ。彼女は、竜神の身を薬にする方法を記した医術書を持っている。薬の材料に使わなかった部分も、瀧ヶ峰領から一流の職人を集めれば何かに加工できるはずだ。

人の夢に無断で立ち入ってくるばかりか、風景をあれこれ好き勝手にいじくり回し、自分はその遊戯の達人のくせにさあこれで遊ぼうと強制してくる、自分勝手な神の提案だ。どうせ、千鈴がどんな反応をするのか楽しむために言っただけ。千鈴が提案に乗らなくても、それはそれで面白がるに決まっている。

手のひらで転がされているのは、まったくもって気に食わない。しかし背に腹は代えられず、千鈴は提案に乗ることにしたのだ。

すると馴染みの神は、千鈴に〝九頭竜の欠片〟を封じるための神具を与えると約束した。それがあの石箱だ。雪峰や御影に見つからないよう届けてくれという千鈴の頼みも、きちんと守ってくれた。

「……それだけか?」

「それだけだ」

「ならば、何故私にその山祇のことを話さなかったのだ。口止めされていたのか」

「違う」

続く雪峰の問いに、千鈴は即答を重ねる。しかしとうとう目をそらした。説明にも、間が必要だった。

「……どうせいつか大山祇の献上品になると考えてた頃だから、言っても言わなくても変わらないと思ってたんだ。夢の中で年に何度か会うだけだし、現実で会ったことはないし。大した付き合いじゃないから、雪峰に話さなくてもいいかって」

「……」

千鈴の説明に、雪峰は反応を返さない。それが不安で千鈴がそろりと顔を向けると、雪峰はじっと千鈴を見つめていた。だがその瞳《ひとみ》は揺れていて、感情のせめぎあいがはっきりと見える。こんなに言葉を重ねても、千鈴の想《おも》いは届いていないのだ。信じきれていない。

「……っ」

千鈴の胸に罪悪感をしのぐ、苛立《いらだ》ちとも怒りともつかない激しい感情のうねりが起きた。どうして信じてくれないのか。千鈴はこんなにも、雪峰のことが大事なのに。

「雪峰。私は、雪峰と一緒にいたい」

千鈴は雪峰にぐいと顔を近づけ、はっきりと心からの願いを告げた。

「私はそのために、〝九頭竜の欠片〟を手に入れると決めたんだ。他の誰の、なんのためでもない。あいつには相談しただけだし、御影と一緒にどこかへ行ったりしない」

そう説明を繰り返し、千鈴は雪峰の首に腕を回した。

静寂はどこかぎこちなく、居心地が悪い。二人きりの時間は、肌を寄せあうときは、もっと甘くて優しいもののはずなのに。わかりあえた幸福も見当たらない。それが千鈴はどうにも悔しく、悲しかった。

「雪峰。どうしたら雪峰は、私がどこかへ行ってしまうかもって不安にならずに済むんだ？」

「……」

雪峰は、すぐには答えなかった。代わりに、千鈴の背に回した腕に力をこめる。

「……そばにいてくれ千鈴。どこにも行かないでくれ」

「私はどこにも行かない。ずっと雪峰のそばだ」

ささやくような声の懇願に、千鈴は自分も腕の力をこめて返した。自分はどうすればいいのかと、必死に頭をめぐらせる。

言葉やぬくもりで足りないのなら、何を捧げればこの水神は心安らかになるのだろう。女神を滅ぼしたあとのように、千鈴が囲われればいいのだろうか。雪峰のそばで何もせず、ただ腕の中にいればいいのだろうか。

この手で雪峰の役にたちたいのだという、自分の気持ちを殺して。

それしかないと、受け入れる覚悟が千鈴にはある。だが一方で、それは嫌だと叫ぶ心の底の声もある。

いくらでも言葉を重ねてわかりあおうと思っていたのに、千鈴にはどうすればいいのかわからない。決められない。こんなことでは駄目なのに。

千鈴には、雪峰以外の居場所なんてないのに――――。

千鈴には、心の奥底に焼きついた記憶がある。

一つは、狭く薄汚れた真っ暗な家で夜を過ごす、心細さとさみしさ。

一つは、幾度も繰り返される、幼馴染みたちが人買いに手を引かれていく光景。

一つは、雪峰に拾われた、滝壺の底。泡の膜越しに見た、青白く浮かびあがる美しい水神の姿。

そして、もう一つ。

雪峰が千鈴に無関心だった頃。赤坂の里から帰る途中、御影が寄り道をしてくれたことがあった。その頃の御影は今以上にそっけなく、主君に命じられたから仕方ない、といった本心が態度によく表れていた。たまに滝壺御殿で迷子になることはあるものの、基本的には決まった場所にしか行かない千鈴の見張りをするだけの単調な日々に、少々うんざりしていたのだろう。

瀧ヶ峰領の空を駆ける妖の背から見る絶景に言葉を失《な》くし、見入っていた千鈴はふと、白神川のそばにある村の存在に気づいた。

川岸の船着き場へ向かう目抜き通りを中心に広がる村の形に、千鈴は見覚えがあった。

故郷だ。

二度と帰れないと思っていた故郷を見た途端、千鈴の胸にぶわりと感情がこみ上げてきた。

じわりと身体の奥からにじみ出た柔らかな痛みは涙腺を緩ませ、揺らす。

田畑や庄屋、布屋、神社。村の景色が脳裏をよぎっていく。幼馴染みや大人《おとな》たちの顔が、次々と思い浮かぶ。家を出ていく前に千鈴の頭を撫でる父の顔も。

――会いたい。

胸に灯った熱が言葉になると、もう駄目だった。その言葉ばかりが頭の中を満たし、胸にあふれてどうしようもない。叫びたいような、走りだしたいような衝動が生まれてくる。

だから千鈴は御影に、故郷へ行きたいと願ったのだ。

当然、御影は千鈴を叱《しか》った。

『行かせられるわけないだろ。お前は雪峰様に拾われたんだ。あの方の許しなく、人間の村へ勝手に行かせられない』

『わかってる。……わかってます、でもお願いだ御影様。村の皆がどうしてるか、見るだけでいいんだ。だから、行かせてください』

でたらめな敬語で、千鈴は必死に懇願した。

自分は二度と人の世に帰れないというのは、理解している。大山脈で一番尊い神への献上品にするため、千鈴はあの美しい水神に拾われたのだ。彼が千鈴に関心を持たず、拾ったとき以来会おうとしないのも、そのためで。御影が千鈴のそばにいるのも、千鈴が逃げたり誰かに殺されないようにするためにすぎない。

だからこそ、故郷にいる者たちがどうしているか知りたかった。村へ帰れないのならせめて、献上品にされる日まで何度も思い出せるよう、故郷の今の姿を目に焼きつけたかったのだ。

火守や御影がいなければ、千鈴はあの綺麗《きれい》で静かでさみしい部屋に、一人でいるしかないのだから。自分の家でそうだったように。

じいと見上げて千鈴が懇願して、数拍。御影はああもうと髪をかきむしった。

御影が雪峰に連絡し、御影の監視下という条件で故郷へ帰る許しを得たあと。千鈴が見た故郷は、最後に見たものとはまるで違っていた。

大人たちは仕事に励み、店先には様々な品が種類は少なくても並んでいた。子供たちは大人の仕事を手伝ったり、兄弟や近所の子の世話に追われている。活気あると表現するにはまだ遠く、あちこちに荒れた部分を見せてはいたが、少なくても空気はあの頃とは大違いだ。

村から離れたところに広がる水田では、青々とした苗を植える作業がおこなわれていた。どこかから譲ってもらったのだろうか。千鈴には、そんな親切な存在がいたとしても誰なのか、思いつかなかったけれど。

やつれた大人たちが常に刺々《とげとげ》しい空気で子供たちを怯えさせていた頃の面影は、村から失《う》せようとしていた。どれもこれも、雪峰が適度に雨を降らせ、白神川を管理するようになったたからに違いない。千鈴は安堵し、命の恩人に改めて感謝した。

そうしているうちに、御影は時間だと無情にも千鈴に告げた。あともう少しだけとねだってみても、さすがに二度目は許してくれない。心残りを抱えて、仕方なく千鈴は村を去ることにした。

そして、その時は訪れた。

村まで乗せてくれた鳥の妖が隠れている、村外れの納屋へ向かう途中。田畑のほうから人が来たので、千鈴と御影は慌てて細い道の端に寄った。御影の神力で姿が見えないようにしてはいるものの、身体が通り抜けていくようにすることはできないのだ。

さいわい、千鈴たちのほうへ来ているのはその三人だけだった。早く村へ行ってくれ。道の脇《わき》で願いながら、千鈴は御影の隣で息をひそめ、三人が通り過ぎるのを待った。

そうして、千鈴は言葉を失った。

近づいてきたのは四歳か五歳くらいの少年と、籠を抱えた女と、農具を手にした男だった。会話からすると、家族のようだ。母親が子供を連れて山へ山菜狩りに行っていて、野良仕事に出ていた夫と合流して家へ帰るのだろう。ありふれた家族の構図である。

だが、農具を手に歩く男。少年と女に優しい顔を向け、千鈴に気づかず前を横切っていく男は。

村の中では姿を見かけなかった、千鈴の父だ。

何故。どうして。何が。

千鈴には母も、兄弟もいないはずなのに。

どうして、父は千鈴に似た面差しの少年と一緒にいるのか――――。

そのあと、千鈴は自分がどうしていたのか記憶がない。気づけば御影に手を引かれ、滝の音がする山中を歩いていた。

頭の中では、先ほど見た情景が何度も繰り返されていた。情景も衝撃も、焼きついたまま千鈴から消えてくれない。

どうして父が千鈴に似た面差しの少年と家族になっているのか、千鈴にはわからなかった。外見からすると、あの少年は千鈴が滝に沈められてから生まれた子供ではない。それよりも前だ。

でも、千鈴は父が女と親しくしていると聞いたことがない。父に女の気配を感じたこともなく、ずっと父と二人暮らしなのだと信じて疑わなかった。

けれど、思い当たることがないわけではない。千鈴の父は、真っ暗な家に千鈴を何度も置き去りにしていたのだ。

もしあの少年が、千鈴の腹違いの弟だとしたら。

どうして父は千鈴に何も話さず、家に置き去りにしていたのだろう。

千鈴はずっと、ずっと一人で父の帰りを待っていたのに。

父が千鈴を人買いに売ろうとしたのも、父のためだから受け入れたのに――――。

考えが深く深く、闇《やみ》の中へ沈んでいくのを千鈴は止められない。とうに父の心は千鈴から離れていたのだという結論が、うつろな心をむしばんでいく。

そのとき。唐突に、御影の足が止まった。

「……？」

ぼうっとしていた千鈴も気づいて、足を止めた。どうしたんだろうと、のろのろと顔を上げて前を見る。

雄滝の姿と音を背景にした前方に、飾り物のように長くて白い髪をした、青白い高貴な身なりの男がいた。

雪峰。滝壺で溺《おぼ》れ死ぬはずだった千鈴を救ってくれた水神。

いつか、千鈴を大山脈で一番尊い神への生贄《いけにえ》にする男。

「……気は済んだか」

雪峰は千鈴を見下ろして、そう言った。淡々とした声と表情だ。とりたてて意味もなく、沈黙は嫌だからとりあえず聞いてみただけのようにも思える。

だが、拾われた日以来聞くことのなかった声を聞いた途端、千鈴は胸が詰まった。自分でも理解しがたい感情の熱が胸を満たし、喉《のど》へとせり上がってくる。

千鈴の顔がゆがんだ。

「――――っ」

たまらず、千鈴は御影の手を振りほどいて雪峰に抱きついた。衝動に負けて叫んでしまわないよう、雪峰の袴《はかま》に顔を強く押しつける。

「おい、お前何してるんだ！」

御影がきつい声で叱るが、千鈴は無視した。眼前の布を握りしめ、泣くまいと己の唇を噛みしめる。

雪峰もまた、千鈴を振りほどこうとしなかった。それどころか、彼の短い息の音が千鈴の頭上に落ちた直後、千鈴の背と膝裏に硬いものが当てられる。

千鈴の視界が突如、高くなった。

そして千鈴は今までで一番近くから、雪峰の顔を見た。泡の膜越しに見たときと同じ、青緑の目いっぱいに自分が映っているのを見下ろす。

「帰るぞ」

「……っ、うんっ」

堪えきれず涙を流して、千鈴は雪峰の首に抱きついた。

ずっと千鈴を放置していた雪峰がどうしてここにいるのか、どうして声をかけてきたのか。

そんなことは、千鈴には全然わからない。今まで彼は、千鈴に声をかけてきたことがなかったのだ。彼がどのような男なのか、千鈴はよく知らない。

だが、彼は千鈴の帰りを待っていた。抱き上げてくれた。——父とは違う。

今の千鈴には、それだけで充分だった。

それから、雪峰は少しばかり千鈴を構うようになった。

とはいっても、時折執務室や自分がいる東屋へ来させ、千鈴を部屋の隅や自分のそばに座らせたきり仕事や読書に勤《いそ》しむのはいつものこと。ふと思い出したように感情の乏しい声をかけてきたり、触り心地が気に入ったのか頭を撫でたりする程度だ。犬か猫を飼ってるんじゃねえんだから、と火守は呆れていたものだ。

千鈴はそうした雪峰の扱いを受け入れ、そばに居続けた。

やがて雪峰は、千鈴の日々の過ごし方や好みに関心を持つようになった。千鈴と名を呼ぶようになり、里の視察へ同行させてくれることもあった。それから、千鈴に柔らかな表情で様々なことを教え、里の店で物を買い与えてくれるようになり。その頃には、千鈴に対する神や妖たちの嫌がらせを許さなくなっていた。

そして。

『雪峰様、あの』

『……雪峰、でよい』

とある里の視察へ同行させてもらった帰り。琳に乗っていた千鈴が眼前に見えるものについて教えてもらおうとすると、唐突に雪峰は言った。

千鈴は目を瞬かせた。

『……真名だけ、で呼んでもいいのですか？』

『ああ。そのような言葉遣いでなくても構わぬ。火守や……御影と同じでよい。ありのままのそなたが見たいのだ』

戸惑う千鈴にそう、雪峰は微笑《ほほえ》んで許しを与えた。

千鈴が雪峰の私室で眠るようになったのは、それからすぐのことだ。雪峰の態度は一層甘くなり、千鈴は彼の腕の中にいるのが当たり前になった。

もう千鈴は、寒い寝床で父を待っていた幼い子供ではないのだ。待っていれば雪峰が呼んでくれるし、部屋へ来てくれる。眠るまでに彼が帰ってこなくても、起きたときには千鈴を抱きしめてくれている。昼間は赤坂の里や山を行き来して、雪峰に話すことをたっぷり蓄えればいい。なんて幸せな毎日だろう。

雪峰に抱き上げられた日から、千鈴の世界を満たしていくものがあった。最初はとても少なくてないも同然だったが、時が経《た》つほどに多くなっていった。今や、千鈴の世界はすべてそれらで満たされている。

千鈴が雪峰へ向ける想い。そして雪峰が千鈴へ向ける想いで、千鈴の世界は満ちている。

だから千鈴は、この水神に我が身を捧げようと思ったのだ。

千鈴にとって、雪峰だけが己の居場所なのだ。

まどろんでいた雪峰が目を開けると、そこは夜明け前の闇に沈んだ私室だった。

千鈴の規則正しい寝息が、静寂の中で繰り返されている。少し首を動かすと、千鈴の寝顔が視界に映った。神の目には、薄闇も昼間もさして違いはないのだ。

唇を開けたままの寝顔は起きているときより幼く、年頃《としごろ》の娘らしい柔らかさがどうにも可愛《かわい》らしい。数日ぶりに見る光景に頬を緩ませ、しばらくのあいだ、雪峰は千鈴の黒髪をもてあそびながら寝顔を眺めた。ひとしきり愛《め》でたあと、千鈴の額に口づけて寝床を離れ、装束をまとって裏庭へ出る。

縁側に置いていた石箱を手に崖へ歩いていると、白む空とは反対にまだ薄暗い裏庭に、母屋の脇の戸から火守が現れた。雪峰を見て、意外そうな顔をする。

「珍しいな、今日はもう出るのか」

「職人たちにこれを渡す前に、浄化を完全に済ませなければならぬ。そなたこそ、千鈴の朝食はどうするのだ」

「今日は自分で作らせる。俺は外に出てたぶんの報告やら聞かねえといけねえし」

「……」

つまり、千鈴は御影と朝から二人きりなのだ。理解し、雪峰の機嫌は下降した。彼らが二人きりになるのは当たり前のことなのだとわかっているが、今はどうも癪《しゃく》に障る。

そんな雪峰の機嫌に、火守が気づかないはずもない。

「……まだうじうじいじけてんのか、お前は」

「……」

呆れを隠しもしない顔で言われ、雪峰はじろりと火守を睨みつけた。自分でも情けないと思っているのだ。指摘されたくない。

お前なあ、と火守は腰に手を当てた。

「二人きりにしたからって、あいつらがどうこうなるわけねえだろうが。千鈴はお前のことしか見てねえし、御影もそれはわかってるんだから」

何が心配なんだよ、と火守は雪峰に指を突きつけた。

「お前は何も考えず、千鈴を信じてどんと構えてりゃいいんだよ。自分の息子に嫉妬なんざしてんな。みっともねえ」

仕事に手をつけないのを咎《とが》めるときと同じ調子で、火守は雪峰を説教する。雪峰は反論することができなかった。

わかっている。千鈴はあんなにも雪峰のために自分は何ができるのかと考え、行動で示したのだ。想いを雪峰に伝えようと、懸命になっていた。御影を選び、自分のそばから離れていくのではないかと疑うのは愚かにもほどがある。

しかし、御影には千鈴をさらう理由がある。

いつの頃からだろうか。御影が向けてくる眼差《まなざ》しに時折激しさがにじんでいると、雪峰が感じるようになったのは。御影が千鈴を見る目に、他のものには見せない熱が宿っていることに気づいたのは。

御影は千鈴に惚《ほ》れている。そう確信したとき、雪峰は御影を千鈴から遠ざけようとした。当たり前だろう。誰がそんな男を、愛《いと》しい娘のそばにおきたいと思うのか。千鈴が御影に対して心を開き、無邪気に手を引くことさえあるのも腹立たしかった。

しかし、友と認めるものと疎遠になって、千鈴がさみしく思わないはずがないのだ。千鈴の護衛として、瀧ヶ峰領では雪峰に次ぐ神力を持つ御影が最適であることも事実。どんなに不愉快でも、雪峰は自分の感情を抑えるしかなかった。

だから雪峰は屋敷で千鈴の書き置きを読んだとき、奪われると思ったのだ。日頃は雪峰と寄り添っているのを見ているしかない惚れた女と二人きりになって、御影が何をするかわかったものではない。千鈴も己を守り想ってくれる男の情熱に触れ、ほだされることは充分ありうる。

それが思いすごしであったことは、その夜のうちに千鈴が本音を語ることで証明されたのだ。だがゆうべ、秘めた交流について聞かされ、雪峰は平然としていられなくなった。その動揺は今もまだ続いている。

「……昨夜、千鈴が言っていた。千鈴が招き相談した山祇は、幼い頃からの付き合いだそうだ」

そう話を切りだして、雪峰が千鈴から聞いたことを話すと、火守は首をひねった。

「おかしな話だな。千鈴のことはお前が拾ってすぐ臣下の奴らがあちこちで言いふらしてたから、まあ瀧ヶ峰のどの山祇が知ってても不思議じゃねえけどよ。でも、他人の夢の中に入るなんて芸当、そんじょそこらの山祇にゃ無理だろ。大山祇の神具も持ってたし。どこの山祇だ？」

「わからぬ。千鈴はそれ以上詳しく話さなかった」

どこの誰なのかと、千鈴にもっと強く尋ねればよかったのかもしれない。しかし、雪峰に何も話さなかったことをうしろめたく思っている様子にも、『雪峰と一緒にいたい』という言葉にも偽りはないのである。あれ以上感情的になって千鈴を怯えさせるのは、雪峰のほうこそ耐えられなかった。

けれど、千鈴は雪峰に隠し事をしていたのだ。雪峰が立ち入ったことのない、夢の中という己の奥深くで素性の知れない神を受け入れ、招き入れていた。どうして疑いを抱かずにいられようか。嫉妬せずにいられるものか。

何故、私に隠し事をするのか。

この私に、何を隠さなければならないというのか――と。

火守は長い息を吐き出した。

「どういう目的で千鈴の夢に入ったにせよ、そいつが要注意人物なのは間違いねえな。千鈴も馬鹿じゃねえから、何年も俺たちに話そうとしなかったんなら、そこまで危険な奴じゃねえとは思うが……」

「……」

「ひとまず、この件は棚上げだ。これ以上は考えても仕方ねえし。千鈴には、次に夢でそいつと会ったら必ず報告するよう言っとけ」

髪をかき、火守はそう話の切り上げを宣言した。確かにこれ以上はどうしようもない、と雪峰も内心で同意する。

琳を呼び、雪峰は火守と共に狭間《はざま》の世へ下りた。渡り廊下の一つから滝壺御殿へ入ると、周囲を行き来していた臣下の神や妖たちが二人を出迎える。

その中で、白鷺《しらさぎ》に似た姿の神がおそるおそるといった様子で進み出てきた。雪峰が持つ石箱の異様さに気づいたのだろう。視線が石箱に向けられている。

「雪峰様、その箱は……」

「〝九頭竜の欠片〟だ」

雪峰が端的に答えると、尋ねてきた神どころか他のものたちもどよめいた。

「な、何故そのようなものを」

「これを〝六花の宴〟の献上品に加工する。ゆえに私は今から、これの浄化の作業をおこなう」

一層ざわめくものたちを無視し、雪峰は宣言した。

神や妖たちは慌てふためき、火守へ救いを求めた。しかし火守は肩をすくめてみせる。

「まあそういうわけで、まだしばらく雪峰への謁見と報告は諦めろ。雪峰の裁決が必要じゃない報告は、俺に回せ」

「そ、そんな……」

火守も助けにならないとわかり、神や妖たちは悲鳴をあげた。確かに火守が雪峰の肩を持つのは珍しいが、雪峰の仕事放棄は今に始まったことではないというのに。何を今更。

この程度のこと、自分たちでどうとでもできるだろう。雪峰は私室へ向かった。千鈴の屋敷へ通うようになってからは、ほとんど使っていない部屋だ。私物も元々あまり置いていないので、浄化の作業をするのに適している。

「予想通り、大騒ぎだな」

「何故、ああもせわしなく働きたがるのかわからぬ。一刻を争うような案件がないのなら、十日やひと月、待ったところで変わらぬであろう」

「待たせるなよ。急ぐ必要がなくても、報告は早めのほうがいいだろ。裁決も、時間が経てば状況が変わることもあるんだしよ」

雪峰が呟くと、火守は嫌そうに言う。さらに何か言いたそうにしていたが、結局はそれ以上何も言わず、息を吐いて話題を移した。

「しかし、浄化するのはいいとして、〝九頭竜の欠片〟の加工を誰に任せるかが悩みどころだな。こんな珍しい素材、触るどころか見ることも一生に一度すらねえのが普通だし。職人どもが競ってやりたがるに決まってるぞ。どうすんだ？」

「これまで作らせた品の出来で候補者を絞って、その中から決める。肉は薬にするしかないが、まず製法がわからないことにはどうにもならぬ。製法を記した医術書を、誰ぞが持っていればよいが……」

「それなら小春……赤坂の里の巫女が持ってたぞ。薬師もやってて、腕は保証する」

「赤阪の……千鈴の友か。ならば、その者に任せよう」

雪峰は即決した。献上品を作る時間は多いほうがいいのだ。技術も保証されているなら、他と競わせる必要はない。

そうして話しているうちに、雪峰の私室へ二人は着いた。この辺りは雪峰が屋敷に通うようになって以来守衛を外しているので、神や妖たちの姿はなく静かだ。

「じゃあ、夕方に一回こっちへ来るからな。もしそれまでに終わったなら、琳にでも伝言を持ってこさせろ」

「わかった。……火守」

頷き、雪峰は身をひるがえしたばかりの火守を呼び止めた。

「？　どうした」

「書庫の記録の整理、手が足りていないと聞いている。千鈴にさせてやれ」

「……いいのか？」

「仕方なかろう。……自分にできることをしたいと、千鈴が望んでいる」

眉をひそめる火守に、苦みを混じらせて雪峰は返した。

雪峰とて、できるなら千鈴にそのようなことをさせたくないのだ。つまらない宮仕えなどしなくていい。あの屋敷で雪峰の帰りを待って、瀧ヶ峰領を自由に駆けた話を聞かせてほしい。

だが千鈴は、雪峰の役にたちたいと言うのである。川辺でもそう繰り返し、雪峰に訴えていた。ならば雪峰は、その願いを叶《かな》えてやらなければならない。

――それに滝壺御殿の中で仕事をさせていれば、御影と二人きりになることもないだろう。

雪峰の本音の欠片に気づいているのかどうか。火守は息を吐いた。書庫に詰めるものたちと話をつけてくると約束し、今度こそ去っていく。

それを見届けず、雪峰は扉に触れた。主《あるじ》の手を認識した扉は、重々しい音をたててゆっくりと開く。

久しぶりに私室へ足を踏み入れた雪峰は、二方向が水面を眺める真正面の部屋に腰を下ろした。なんとなく首をめぐらせると、四つの正方形の間からなる雪峰の私室でもっとも出入り口から離れた部屋に目を向ける。

千鈴に真名を呼ぶことを許してすぐ、雪峰はあの部屋の畳で千鈴と共に眠った。東屋で寄り添ったある日、あてがった部屋へ帰すのが惜しくなって連れ帰ったのだ。そうして一度腕に抱いて眠ると、もう一人で眠る日々に戻るのは無理だった。

あの頃の雪峰は、千鈴と共に生きる未来も彼女自身も疑わなかった。腕の中で眠る娘は自分の巫女なのだと、確信していたのだ。

「……」

雪峰は長い息で、甘い回想ごと吐き出した。石箱に顔を向け、心せよ、と己に言い聞かせる。

〝九頭竜の欠片〟の呪詛はどんな神にも手加減などしない。心に隙《すき》があれば付け入り、雪峰の御魂《みたま》を侵食して祟り神に堕《お》とそうとするだろう。

亡者の戯言《ざれごと》に同調してはならない。耳を傾けてはならない。

自分は、九頭竜とは違うのだから。

そう、瀧ヶ峰領のかつての地主神もまた、己に仕えていたとある巫女を深く愛していた。だがその想いを拒まれ去られたために、負の感情で御魂が穢《けが》れて祟り神に堕ちたのだ。

結果、瀧ヶ峰領は壊滅的な被害を受け、かくなる上はかの巫女を捜しだして生贄にと、神や妖のあいだから声があがった。それで祟り神が鎮まる見込みがあったのかはわからない。祟り神の脅威になすすべもないものたちは、他にできることを見つけられなかったのかもしれない。

そんなとき、仲間を率いて主君に戦いを挑んだのが、瀧ヶ峰領の先々代の地主神となる白き竜神だ。

愛ゆえに、かの地主神は九つの頭を持つ祟り神に堕ちた。〝九頭竜の欠片〟から放たれる呪詛は、竜神の叶わなかった愛の末路なのだ。

自分は、祟り神にはならない。かつての地主神とは違う。己の巫女に愛されている。

「……」

雪峰はもう一度己に言い聞かせ、私室全体に結界を張りめぐらせた。

さあ九頭竜よ。愛されなかった悲しみを私に見せるがいい。

先達に語りかけ、挑みかかるように雪峰は石箱を開いた。

筆はある意味凶器だよな。このところ、千鈴は思わずにいられない。

なにしろ、腕が痛くなるのだ。休憩を挟みながらでも日中のほとんどの時間筆を握っていれば、腕だけがやたらと疲れてくるのは当然というもの。小春に文字を習っていた頃だって、こんなに毎日長い時間、何かを書いていたことはない。

「おい〝猫〟！　豊原の報告書、まだ書き終わらないのか！」

「終わってる。ほら」

机の前にやってきた赤い魚の妖に怒鳴りつけられ、千鈴はむっとした。自分のそばに広げた紙を無言で魚の妖に渡した。

魚の妖はふん、と鼻を鳴らすとそれを受けとり、礼も言わず部屋を出ていく。その背中というよりは尾に、千鈴はべえと舌を吐き出してやった。

ここは、滝壺御殿の一角にある書庫の隣の部屋。書庫とは扉一つで繋がった、書庫の管理を担うものたちの職場だ。一面だけ壁がなく手すりだけの広間に机がずらりと並び、様々な姿の神や妖が机に向かって書き物をしている。千鈴は十日ほど前から役人装束をまとい、一番窓際の端にある机で、積まれた書物に囲まれて書き物に励んでいた。

滝壺御殿の書庫には、瀧ヶ峰領中から集められた様々な記録が収められている。地主神に寄せられた陳情の内容やどのような裁きがくだされたか、里を襲った災害、里ごとの人口の増減など。他の地主神の領地や人の世で起きた出来事についての記録もある。どれもが地主神の統治を支える、重要な資料だ。

しかし過去の記録はただの備忘録程度だったりなど色々と不備があって、利用するには不便なことが多い。そのため雪峰は地主神になって間もない頃から、書庫にある様々な記録をすべて統一された様式で記録しなおす作業を、特別に人手を集めておこなわせている。その人手の不足を補うために、雪峰と火守は千鈴に声をかけたようだ。

そういうわけで千鈴は資料運びなどの雑用を任されていたのだが、三日前からは書類を記録しなおす業務をさせられている。作業に従事していたとある魚の妖が肩をやられたらしい。その身体のどこに肩があるんだどこに、と千鈴が心の中でつっこみを入れたのは言うまでもない。

「〝猫〟！　これも書き直せ」

「は？　私これやってるんだけど」

次は蛙《かえる》の妖が千鈴の机に記録を置いたので、千鈴は清書中の紙を筆で示した。それ以外にもまだ清書を任されている記録があるのだ。他人のものまで引き受けられない。

「うるさい！　私は忙しいんだ、お前は下っ端なんだから黙ってやってろ！」

千鈴の拒否を無視し、蛙の妖はわめくと自分の席へ戻っていった。他のものたちは自分の作業に集中していて、千鈴たちのほうを見ようともしていない。

蛙って焼いたら結構美味《うま》いよな。あいつはまずいだろうけど。

どいつこいつも、最低限の礼儀ってものを知らないのか。毎度のこととはいえ、千鈴は心の中で毒づいた。

このように、千鈴は同僚たちから実に容赦なくこき使われていた。忙しい部署であるし、そもそも滝壺御殿で雪峰に仕えるものの多くは千鈴のことをよく思っていないのである。あからさまな嫌がらせをしてこないだけましといったところで、何か失敗してしまったときはここぞとばかりに馬鹿にされた。

ちなみに〝猫〟というのは、滝壺御殿にいる神や妖たちがつけた千鈴の呼び名だ。彼らは人間の小娘の名を呼ぶのも嫌らしい。とはいえ、自分でも猫もどきだよなあと思わないでもなかったし、千鈴も彼らの名を知らないのである。お互いさまだろう。

無言の時間がどれほど過ぎたのか。不意に、どこかから銅鑼《どら》の音が聞こえてきた。するとそれを待っていたとばかりに部屋の空気は緩み、様々な音が部屋のあちこちから聞こえだす。

休憩の時間になったのだ。

作業を中断したものたちは立ち上がると、多くは扉から部屋の外へ出ていった。魚や蛙など水で暮らす生き物の姿をしたものたちの中には、大窓の手すりを越えて水中へ泳ぎだすものもいる。この狭間の世では、雪峰の私室周辺など一部の区域に近づきさえしなければ、水中を自由に泳いでいいのだ。

同僚たちが次々と部屋を出ていく中、千鈴はまだ一人机に向かい、書き写す作業をしていた。しばらくしてから、手を止める。

広げていた本とたった今まで記していた紙を丹念に見比べて間違いがないことを確認し、千鈴は顔をほころばせた。やっと一区切りついたのだ。大きくのびをした。

休憩までかかってしまった。早く昼食を食べないと、空腹を抱えて仕事をすることになってしまう。千鈴は握り飯を入れた包みを抱え、足早に部屋を出た。

部屋を出ると、滝壺御殿の世界が千鈴の前に広がった。

水草や苔《こけ》が水底で揺れ、岩に埋まっていたり若木のように伸びた様々な宝石が彩りを添える水中の世界だ。水中では泡だけでなく、半透明の青いもやのようなものが時折生まれては消えていく。

そんな世界の中に、いくつもの棟を渡り廊下で繋いだ緋色《ひいろ》の柱と白い壁、藍色《あいいろ》の屋根の滝壺御殿は鎮座している。全体像は、かなり上から見下ろさないと一目ではわからないほど広い。

こんな場所だから千鈴は幼い頃、暇潰しにあちこち歩き回って何度も迷子になり、火守や御影に捜索されては説教されたものだった。

廊下をいくらか歩き、いつも昼食のときに使っている、廊下のつきあたりにある東屋を千鈴が目指している途中だった。

不意に、千鈴の周囲の動きが変わった。皆、慌てて端へ寄っていく。

「千鈴」

「雪峰」

呼びかけられて振り返ると、雪峰が廊下を歩いてきていた。二日前に〝九頭竜の欠片〟の完全な浄化と身についた穢れの清めが終わり、いつもの仕事に戻っているのだ。地主神のおなりなのだから、皆が廊下の端に寄るのは当然である。

しかし千鈴は違う。足早に雪峰に近づいた。雪峰に甘い笑みで迎えられる。

「休憩か？」

「うん。雪峰は……仕事か」

雪峰の背後に目をやり、千鈴は神や妖たちが控えているのを確認した。どこかへ向かう途中だったようだ。この辺りにいるということは、執務室へ戻るのだろうか。

「そこの東屋へ行くのであろう？　ならばちょうどよい」

「え」

言うなり雪峰は戸惑う千鈴の手をとり背に手を回して、東屋のほうへと歩きだした。雪峰様、と背後から悲鳴があがっているのだが、まったく聞いていない。

「いや雪峰、仕事中なんだろ？」

「構わぬ。急ぎの案件はない」

雪峰は即答する。しかし彼の背後では神や妖たちが無言ながら、いえあの急いで裁決してほしいのですが、ああまた仕事が、といった心の声が聞こえる表情をしている。どうやら、雪峰の認識と現実は違うらしい。おい〝猫〟なんとかしろ、と雪峰ではなく千鈴を睨みつけてくるものまでいる。

周囲の視線が痛い。千鈴は足を止めた。

「雪峰……私も一緒にいたいけど、雪峰はまだ仕事があるからここらへんを歩いてたんだろ？　後ろの奴らを連れて。だったらその仕事をしないと駄目だ。どうせ一緒に屋敷へ帰るんだから、一緒にいるのは今でなくてもいいだろ？」

と、千鈴は雪峰の手に自分の指を絡めて雪峰を見つめた。こうしたほうが、雪峰は喜ぶと思ったのだ。

見つめあうこと、しばし。

「……わかった。そなたが言うのなら」

仕方なくといったふうに雪峰は息を吐くと、代わりとばかり、千鈴を胸に引き寄せた。千鈴の頬に優しく触れる。

名残惜しそうに千鈴から身を離し、雪峰は身をひるがえした。随従たちは慌ててその背を追いかけていく。その中には、千鈴に視線をちらりと向けるものもいた。

その場に残され、千鈴は妙な疲労感で肩を落とした。衆目の中で雪峰を宥めるのは妖の里でもやっていることだが、ここでするほうがより心身への負担を大きく感じられるのはどうしてだろう。

こういうときは逃げるに限る。千鈴は早々とその場を離脱し、目的の東屋へ足を向けた。

廊下のつきあたりにある東屋へ入り、長椅子《ながいす》に腰を下ろして千鈴はやっとほうと息をついた。壁が廊下からの視線を遮ってくれているのだ。

包みから俵《たわら》形の握り飯を取り出し、千鈴はかぶりついた。しかし口の中に広がるのは米の甘さやほんのりした塩加減より、むかむかした感情だ。

「なんで私が睨まれなきゃならないんだ。一緒に行こうって私が雪峰に頼んだわけじゃないし、ちゃんと雪峰を仕事へ行かせたのに。私に雪峰をどうにかさせようとしてたのはそっちじゃないか」

大体、妖のくせにどうしてあんなに偉そうなのだ。神ならまあ神様だしなとまだ諦めはつくが、たかだか妖ではないか。人にものを頼むなら、それなりの態度をとるべきだろう。

ぶつぶつと文句を言いながら、千鈴は握り飯を腹に収めていく。一つ、二つ、三つ。千鈴の手が次の握り飯を掴《つか》むまでのあいだは短い。

あっというまに握り飯を食べ終えたが、腹をたてながらだったからかまだ食べ足りない。もっと用意しておけばよかった、と千鈴はふくれた。

すると。

「おい、千鈴」

「火守？　どうしたんだ？」

千鈴が包みを片づけていると、火守の声が廊下から聞こえてきた。この時間に火守から声をかけられるのは珍しい。なんだろうと顔を向ける。

「……小春？」

火守のかたわらでにっこりと笑顔を浮かべる、今日も華やかな身なりの小春を見て千鈴は思わず目を丸くした。

「んじゃ、俺は行くからな。帰りは千鈴に送ってもらえよ」

「わかってるわよ。案内ご苦労様」

後頭部をかきながら踵《きびす》を返す火守に、小春は手をひらひらと振ってぞんざいに礼を言う。それからすぐ千鈴に向き直った。

「小春、どうしたんだ？」

「どうしたも何も、貴女《あなた》、最近里へ来てくれてないでしょう？　火守と御影様から色々と話を聞いたし……時間も空いたから、たまたま里に来ていた火守に案内してもらったの」

と小春は言って、持っていた箱を千鈴に見せた。

「喜平太の店の餅菓子を持ってきたの。食べるでしょう？」

「うん！」

目をきらきらさせ、千鈴は即答した。先日赤坂の里で買ったときは、自分のぶんは買ってなかったのだ。

小春は千鈴の隣に座ると、箱の中の餅菓子を千鈴に見せた。

「はい、どうぞ」

「ありがとう、小春」

満面の笑みで礼を言い、千鈴は箱を受けとった。さっそく餅菓子を頬張《ほおば》り、米の甘さをしのぐたれの美味に一層笑みを深くする。

そんな千鈴を見ながら、小春は口を開いた。

「雑用の仕事はどう？　今は、こちらで雪淵《ゆきふち》の神から任された仕事をしているのでしょう？」

「うん。まあ、なんとか。最初は書類だとかを運んでばっかりだったのに、三日前からは書くほうも手伝わされて、腕が痛くなったりしてるけど」

「あらあら、それは大変ね。貴女、本を読む以外でじっとしているのも苦手だし。字も、ちゃんと読めるものを書けているの？」

「書けてるよ。小春のとこに通わなくなってからも、たくさん練習したし」

からかう小春の表情に、千鈴はむくれてみせる。小春はどれだけ千鈴の字が下手くそなのか、よく知っている。

「字より、しくじったときのほうが大変なんだ。直接嫌がらせしてくる奴はいないんだけど、口を開いたら嫌みか偉そうな言い方をする奴ばっかりだから。人に仕事を頼むくせに、礼を言わないし。……まあ、嫌みを言ってくるのは、私がしくじったときだけなんだけどな」

「それじゃあ、言い返せるように精進しないといけないわね」

小春はくすくす笑った。

「なんにせよ、上手《うま》くやれているのならよかったわ。この滝壺御殿で貴女に仕事をさせていると火守から聞いたときは、雪淵の神や火守の目が届いていないところで誰かにいびられたりしていないか、心配だったのだけど」

「それに近いと言えば、近いけどな。でも、なんとかやっていけてるよ」

千鈴は最後の餅菓子を口に放りこんだ。

正直なところ、書庫は千鈴にとって居心地が悪い。職場仲間は誰も彼も千鈴に親切ではないし、赤坂の里での頼まれ事の経験がまったく通用しないのだ。失敗は多く、頑張っても褒めてもらえない。何度怒鳴りたくなったかわからない。

しかし、滝壺御殿にいる神や妖たちは皆、雪峰に仕えて仕事をしている。あの偉そうな蛙の妖も、千鈴に仕事を押しつけても机にはまだ書類が積まれているのだ。他のものたちだってそう。不満なんて言えるわけがない。

なにより、書庫にいるものたちで整理しなおした記録は、雪峰の統治にいずれ役立てられるのだ。領民も、望めば自由に閲覧したり書き写したりして仕事に活用することができる。やりがいを感じないわけがない。地上で鬼たちの雑用をしていたのとは違う充実感を、千鈴は感じていた。

そうだ、と千鈴は声をあげた。

「〝九頭竜の欠片〟の加工はどうなってる？　小春が薬を作るよう雪峰に命じられたんだろ？」

「ええ。他の仕事もあるからまだ薬は作ってないのだけど、〝六花の宴〟まではなんとかするわ。問題は私より、他の加工品じゃないかしら。〝九頭竜の欠片〟で〝六花の宴〟の献上品なんて、瀧ヶ峰の職人にとっては夢みたいな大仕事だもの」

「ああ……一応は誰が加工するか決まったけど、その話しあいでかなり揉めたみたいだな」

どうせ千鈴が滝壺御殿で働くことになって暇だろうと、火守に職人たちの話しあいの司会役を頼まれてしまった御影の話によると、候補に選ばれた職人たちを冷静に話しあわせるのが面倒だったらしい。それ以上のことは詳しく話してくれなかったが、うんざりした表情を見れば、どういう場だったのかは充分察せられる。厄介事を押しつけられてしまった水神に、千鈴は心から同情したものだった。

千鈴の報告を聞いて、小春も同情顔になった。

「御影様は、あの馬鹿に面倒なことを押しつけられたのね……喜平太の餅菓子を献上したほうがいいかしら。火守のつけで」

「喜平太さんの餅菓子を持っていくのはいいと思うけど、つけるのは火守に聞いてからにしたほうがいいんじゃないのか？　それにこのあいだ、迷惑かけた詫びってことで私が買ったところだし」

「いいのよ。どうせ無駄に金はあるんだから、あいつは。でもそうね、召し上がったばかりなら、他のところのがいいかしら」

千鈴は遠回しに暴挙を止めようとするが、小春は平然とそんなことを言う。これは冗談ではなく、本気だ。

ごめん火守、小春を止めるのは無理だ。千鈴は心の中で火守に謝罪した。

それにしても、と小春は苦笑した。

「〝九頭竜の欠片〟で特産品を作れなんて雪淵の神が厳命なさった理由を、火守や御影様から聞いたときは驚いたわ。〝九頭竜の欠片〟を一人で掘りに行こうとしていたなんて、貴女はまったく、人を驚かせることを考えるわね。しかも、春裾領の地主神が襲ってきたというし。よく無事だったわ」

「御影と火守がいたから。雪峰の力も借りたし」

「でしょうね。そうでなきゃ、貴女は今頃この世にはいないわ」

言って、小春はどこか困ったようにも見える表情を浮かべた。

「まあ、火守にしっかり怒られたようだし、私から怒ったりしないわ。私も、竜神の身体で薬を作る機会を得られたし」

でも、と小春は少しばかり声色を変えた。

「貴女は、雪淵の神や火守や御影様……他の多くのものたちに大切にされているの。もちろん私もね？」

「……」

「貴女がいなくなったら、私は悲しいわ。だからどうか、無謀なことをして自分の命を危険にさらさないで」

真摯《しんし》な顔で、小春は千鈴の手を握って言う。鬼族の女の手は大きく、千鈴の手はまるで幼児のようにすっぽりと小春の手の中に収まる。

だからこそ、小春が与えてくれるぬくもりがじんと千鈴の胸に迫った。どうかと願うような、慈しむような眼差し。

雪峰たちだけでなく、この女鬼にも大切にされているのだ。千鈴は、それが身に染《し》みた。

「…………うん。ありがとう小春」

自然と頭《こうべ》を垂れ、千鈴は少しばかり奇妙な形で頬を緩めた。どうにも胸がざわついてこそばゆく、視線を向ける先に困ったのだ。

ぎこちない千鈴の表情に苦笑し、小春はそれで、と千鈴の髪を撫でて話題を変えた。

「火守と御影様には、お礼をちゃんと言った？　それに、雪淵の神にも」

「うん。だから屋敷に帰ったあと、三人に御馳走を作ったんだ。御影に喜平太さんとこの餅菓子を買ったのは、そのとき」

「ああ、それで」

「でも雪峰が私と二人で夕食を食べたいってごねたから、四人では食べられなかったけど」

両腕を組んで、千鈴は首をひねった。

「雪峰もよくわかんないよな。なんで御影が私をとっていくとか思うんだろ。私が雪峰と死ぬまで一緒にいるつもりなのは、わかってるはずなのに」

「……」

「御影だって、私のことは手のかかる妹みたいなものだろうしな。まあそりゃ雪峰を誘わないで御影と二人で旅に出たことは、悪いと思ってるんだけどさ」

「……さあ、どうしてかしらね」

小春は優しい表情で相槌《あいづち》を打った。水筒から竹の器に注いだ茶を一口すする。

しかしどういうわけか千鈴は、視線が生温《なまぬる》くなったように感じた。あーうん、とでも言いたそうな。ちょっと違うんじゃと言いたいのを堪えているようにも見える。

どうして小春はそんな顔をするんだろう。不思議に思い、千鈴は問おうとした。

そのとき。

「……？」

感覚に触れるものがあって、千鈴は眉をひそめた。首をめぐらせ、光が揺らめく上方を振り仰ぐ。

神がこの狭間の世にやってきた。しかし、この滝壺御殿で雪峰に仕えるどの神とも異なる力の気配を隠しもしていない。私はここにいる、と高らかに主張しているようだ。

ほどなくして、水中を泳ぐ影が下りてきた。

黒い翼と白い身の鳥に、十歳前後の少年が乗っている。顔の左右で結った黒髪と薄い緑のゆったりした身なりは、いかにも高貴な身分の行儀見習いといったふうだ。

鳥は滝壺御殿の玄関へ向かわず、千鈴たちがいる東屋を横切っていく。あちらは、雪峰が向かった方角だ。

「あれって……」

「大山祇の使者でしょうね。火守から前に聞いたことがあるけど、雪淵の神に仕えていて玄関を通らない山祇はいないし、他の地主神の使者でも玄関から入るものなのでしょう？」

「うん、私もそう聞いた」

しかしそれなら、一体何の用だろう。千鈴は不思議に思った。宵霧が白雪の大山祇に〝九頭竜の欠片〟のことであれこれ言ったのだとしても、白雪の大山祇が雪峰に使者を遣わすなんて面倒なことをする理由にはならないはずだ。

「千鈴、駄目よ」

じっとしていられず千鈴が立ち上がろうとすると、小春は鋭い声で千鈴を制止した。

「何の御用であれ、大山祇の使者が会おうとなさっているのは雪淵の神よ。貴女が出る幕ではないわ」

「……」

強い口調で言われ、千鈴は浮かせかけた腰を下ろした。

確かにそうだ。大山祇の使者は、雪峰に何かを伝えるため滝壺御殿を訪れたのだ。その邪魔をしては、雪峰の顔を潰してしまう。

やがて、使者を乗せた鳥が再び千鈴の前に姿を現した。水中を上昇し、たちまちいなくなってしまう。

千鈴があまりに外を気にしているからか、小春は苦笑した。

「……千鈴、雪淵の神のことが心配なのはわかるけど、仕事のほうはいいの？　休憩はまだ終わりじゃないの？」

「うん……」

銅鑼が鳴ってから書庫へ戻っても問題はない。しかし新人で失敗の多い千鈴が他のものより遅く戻るのも、心証を悪くするだろう。

千鈴は申し訳なく思いながら、早めに戻ることを小春に告げた。二人で帰り支度をして、東屋を出ようとする。

が、そのとき雪峰が珍しく、急いだ足どりで東屋に入ってきた。小春が脇に退いて頭を下げるのを見もせず、千鈴のほうへ歩いていく。

雪峰の表情を見て、千鈴は目を丸くした。

「雪峰、どうしたんだ？　さっき、大山祇の使者が来たみたいだけど」

「……面倒なことになった」

「面倒？」

「大山祇が、そなたと私をお呼びなのだ。今から社《やしろ》へ急ぎ参内せよとのおおせらしい」

心底うんざりといった色を隠しもせず、雪峰は目を瞬かせる千鈴に説明した。

いわく。雪峰の巫女である千鈴が〝九頭竜の欠片〟を掘り出した、雪峰が力を蓄えて白雪の大山祇に反旗をひるがえすために違いないので急ぎ罰するべきである――というようなことを、先日社を訪れた宵霧が白雪の大山祇に陳情してきたらしい。

当然、白雪の大山祇はそんなことを雪峰がするわけないと却下したが、宵霧は引き下がらない。そのため、白雪の大山祇は雪峰と千鈴からも主張を聞くことにした。それが、雪峰が先ほど白雪の大山祇の使者から聞いた内容なのだという。

雪峰の話を聞いて、千鈴は目元にしわを刻んだ。

「悪趣味なことを……」

「ああ。大山祇も宵霧の主張を頭から信じたりはなさっておらぬであろう。我ら神が呪詛の力を蓄えようとしたところで、祟り神に堕ちるだけであるからな。仮に呪詛の力を浄化したとしても、竜神の血肉は食らうまで毒となるか薬となるかわからぬ。大方、そのような命知らずか阿呆《あほう》を私がしようとしているとでもあやつは主張したのであろう」

「……最低だな」

やっぱりあのとき皆でぼこぼこにすればよかった。千鈴はますます不穏な表情になって、心の中で呟いた。雪峰を馬鹿扱いなんて、千鈴にはそれだけで大罪だ。

千鈴の顔から心情を察したのか、雪峰は苦笑して千鈴の頭を撫でた。

「宵霧の戯言は聞き流せばよい。ただ、大山祇としては今後もあやつにあれこれとわめかれるのも面倒なこと。形だけでも話を聞いてやったことにしておかねば、といったお考えなのであろう」

「……つまり、話を聞くだけ聞いてやったぞって宵霧に見せつけるために、私たちは大山祇に呼ばれたのか？」

露骨に嫌そうな顔をして千鈴が言うと、そういうことだと雪峰は頷いた。

「ゆえに、そのあとで大山祇が我らに罰をくだされることもあるまい。〝九頭竜の欠片〟を回収することそのものを、大山祇が禁じたわけではないのだからな」

「……それってただの茶番じゃないのか？」

「茶番だな」

千鈴が指摘すると、雪峰は間髪入れず同意した。

「しかしそのような茶番であっても、大山祇から参内せよとの命であれば従わないわけにはいかぬ。すまぬが千鈴、今から私と共に大山祇の社へ行ってほしい」

「……わかった」

不承不承の空気をにじませ、千鈴はこくんと頷いた。ここで行きたくないとわがままを言っても、雪峰を困らせるだけだ。それはできない。

内々の話のようだからと一人帰ろうとして何故か雪峰に呼び止められていた小春は、まだ東屋の隅にいる。だから千鈴が改めて別れの挨拶《あいさつ》をしようと、東屋の隅にいたままだった小春のほうを向いたときだった。

「ならば雪淵の神よ、御影様をお連れになってはいかがでしょう」

「小春？」

頭を垂れた小春の進言に、千鈴は目を丸くした。雪峰も眉をひそめる。

小春は構わず続けた。

「御影様は千鈴が〝九頭竜の欠片〟を回収する旅に同行し、現場にも立ち会っておられます。大山祇の社へお連れになっていれば、千鈴があのときどのように振る舞っていたか、春裾領の地主神にいかなる主張をされたとしても反論することができましょう」

「……」

「それに春裾領の地主神が、雪淵の神が千鈴のそばを離れたときを狙って千鈴に何かしないとも限りません。御影様は雪淵の神の御子神であらせられますが、千鈴の護衛です。万一のことがあったときに備え、同行を命じられてもよいかと存じます」

小春はそう、雪峰に進言した。

雪峰は、すぐには答えなかった。小春に向けた目に、真意を探る色が宿る。

小春は、雪峰の視線をまっすぐに受け止めた。全身で気を張っているのは明白だ。場に緊張が走る。

だが千鈴には、どうしてこんな空気になっているのか理由がわからない。首を傾げるばかりだ。

さいわい、緊張はそう長く続かなかった。

「……そうだな。御影も同行させよう」

渋々といった表情で、雪峰は小春の進言を了承した。空気はたちまち緩み、千鈴はほっと息を吐く。

小春も表情を緩めた。

「じゃあ、千鈴は着替えないといけないわね」

「へ？」

「当然でしょう？」

今度は千鈴が声を裏返すと、小春はにっこりと笑ってみせた。

「白雪の大山祇の御前に参じるのよ？　春裾領の地主神がいるのは間違いないし、もしかしたら大山祇にお仕えする方々や、他の地主神もいらっしゃるかもしれないし……ふさわしい恰好に着替えないと駄目じゃない。その恰好で大山祇の社へ参内したら、笑われてしまうわ」

「……」

ここにきてそれか。千鈴は遠い目になった。

違う。絶対にこれは建前だ。千鈴を着飾らせたいから、小春はこんなことを言っているに違いない。その証拠に小春の目は、獲物を逃がすものかと雄弁に語っているではないか。

こうなっては、それは秋祭りのときに、と逃げるのは難しいだろう。しかし、ただの茶番劇でしかないのにどうして着飾らなければならないのか。今から来いとのことなのだし、この役人装束で構わないだろう。

「雪峰。小春はああ言ってるけど、別にこのままでも構わないだろ？」

面倒な着替えを回避すべく、千鈴は雪峰に助けを求めた。雪峰ならきっと、小春をたしなめてくれるだろう。

だが。

雪峰の表情を見た千鈴は、どうして彼が小春の退室を命じずにいたのかを理解した。

元々、千鈴の着替えを手伝わせるつもりだったに違いない。

重ねるほど白から青へ変わっていく衣の上に、青白い地の表衣。黒袴。青糸が織り込まれた白い領巾、腰に表衣の上から巻かれた裳《も》。大陸の要素がまだわずかに残る時代の装いに近いが、千鈴が動きやすいよう袴や裳の長さが調整されている。

丁寧に梳《す》かれた黒髪の左右を飾って揺れるのは、二種類の花をあしらった髪飾りだ。唇に差された紅もまた、鮮やかに存在を主張して女性らしさを引き立てる。

普段の男装姿も刺繍《ししゅう》のおかげで柔らかな印象だが、より優しく優雅な装いである。それでも弾けそうな活力を強く感じられるのは、千鈴の図抜けたお転婆ぶりが何枚もの衣を貫き、瞳からこぼれているためか。火守が見たなら、これを着てもまだしとやかな女になんねえのか、と嘆くだろう。

着ている千鈴自身の表情も、まったくもって晴れやかではなかった。

「……千鈴、もう大山祇の社だ。どうか機嫌を直してくれ」

「……うん」

申し訳なさそうな割には大層嬉しそうな雪峰にそう返すものの、千鈴は渋い表情をしたままだ。両腕を組んでいるあたり、どうにも納得がいかないというのが顔だけでなく、身体全体でも表現されている。

雪峰に望まれて断れるはずもなく、礼装に着替えることを嫌々了承したあと。千鈴は納戸に置いてある、礼装を収めた物入れを開けた。そのうちに着ることもあるかもしれないからと、雪峰が晴れ着と合わせて贈ってくれてはいるのだ。もちろん、瀧ヶ峰領で指折りの腕利き職人たちに作らせた品ばかりである。

ともかくそうして身支度を整え雪峰にひとしきり絶賛されてから、御影を従え、雪峰と共に琳に乗って白雪の大山祇の社へ向かっている――というのが、今の千鈴の状況なのだった。

千鈴が実に不本意、けれど雪峰に喜んでもらえて悪い気がしなくもないという複雑な心境でいる一方。千鈴を膝の上に乗せて胡坐《あぐら》をかく雪峰も、珍しく礼装姿になっていた。

雪文を織りこんだ黒い袍《ほう》、肩から覗《のぞ》くのは薄青の衣。妖の里の祭りで見る神職を思わせる装束であるが、より上等で威厳がある。いつもは垂らしている白髪も銀糸がきらめく青の組紐で緩くまとめてあり、変わらないのは首を飾る白い勾玉《まがたま》くらいだ。

雪峰の礼装姿を見たとき、やっぱり雪峰はかっこいい神様なんだ、という感想が千鈴の胸に浮かんだ。なにしろ、普段の振る舞いがあれである。顔も見慣れている。こんなときでもなければ、容姿のよさは再確認できない。

琳は瀧ヶ峰領を北上し、大山脈の斜面を上昇していく。もうかなりの高さまで登っているのだが、雪峰が風を操ってくれているおかげで千鈴はほとんど寒さを感じていないし、空気が薄くなって息がしづらくなったりもしていない。少しばかり肌寒い程度である。初めて見る静寂の景色をじっくりと楽しむ余裕すらあった。

それと共に周囲の景色も、緑豊かな森林から高原、岩地へと変わり、やがて一面の銀世界となった。

今や、どこを見下ろしても眼下に広がるのは純白で、所々で灰色の岩肌が顔を覗かせるのみ。天上は雲一つ見当たらない、透明感のある鮮やかな青が覆いつくしている。

ここから先は、どの地主神の領地でもない。白雪の大山祇の直轄領だ。

青と白の合間をどれほど泳いだのか。万年雪が積もる世界にまるで不似合いな、檜皮葺《ひわだぶき》の大きな高床式の建物群が見えてきた。

板塀に囲まれた中で最も大きく立派なのは一番奥にある、銀細工で細部が飾られた屋根の建物だ。その周辺に大小いくつかの建物が点在し、渡り廊下で繋げられている。敷地内にはまったく雪が積もっておらず、石畳がそれぞれの建物へ続く。

板塀の外には正方形の広い台が置かれ、すぐそばには数体の妖が房に入れられた長い建物がある。地主神や大山祇の使者の騎獣が主を待つ獣舎なのだろう。台と獣舎は、白木の鳥居の下まで石灯篭《いしどうろう》が両脇に並ぶ石畳で結ばれていた。

赤坂の里にある神社と滝壺御殿を交ぜあわせたようなところだ。千鈴はそんな感想を抱いた。

「あれが、白雪の大山祇の社？」

「そうだ」

千鈴が見上げると、雪峰は頷いた。

琳が台に着地すると、まず雪峰が下り、千鈴も続いた。

「着いたぞ。寒くはないか？」

「うん、平気」

問われ、雪峰を見上げて千鈴は頷いた。首をめぐらせ、綺羅の背から下りたばかりの御影を見る。

御影も尊い神に謁見するからと、金細工が施された太刀を腰に佩《は》いた、濃紺の特別な護衛の装束を着ている。千鈴と同様に着慣れていないのか、うんざり顔だ。

不意に、ぎし、と台の階《きざはし》を踏む音がした。

千鈴たちがそちらを向くと、下級役人の身なりの若者と、千鈴の礼装よりさらに古めかしい衣装を着た年嵩《としかさ》の女が姿を現した。どちらも、白雪の大山祇に仕える神だろう。

女神が真《ま》っ赤《か》な唇を開いた。

「瀧ヶ峰領地主神の雪峰と、その巫女の千鈴か」

「いかにも。大山祇の命により参上した。開門を願う」

「……こちらへ」

雪峰が名乗ると、女神は台を下りていった。男神のほうは琳に話しかけ、要望を聞いてから獣舎へ連れていく。

「行くぞ」

「ん」

雪峰に促され、一行は歩きだした。

そうして女神のあとについていって鳥居をくぐった途端、時折うなりをあげていた風の音がぴたりとやんだ。しんと静かになり、場違いな真新しい檜《ひのき》の香りが漂う。

一番奥の建物へ向かうと、腰に直刀を提げ、手に大きな弓を携えた、古代風の武官が左右で扉を守っていた。女神が声をかけると武官たちは頷き、同時に弓を床に打ちつける。

すると、扉は重々しい音をたててひとりでに開いた。女神が再び歩きだしたので、千鈴たちはそれに続く。

吊り灯篭が天井を飾る建物の中は広く、左右の壁の格子窓から入る光で隅々まで照らされていた。三段の階を上った最奥には祭壇の代わりに五色の縁取りの畳が敷かれ、社の主の訪れを待っている。畳の左右に侍《はべ》るのは置物のように微動だにしない、外にいる者たちと同じ身なりをした武官だ。弓を持っていないことだけが、外にいる者たちと違っている。

最奥に近い左右の壁際には、武官ではないものたちが並んでいた。身なりは古代から現代まで多種多様で、外見年齢も様々。大多数を占める女性たちの中に点在する男性陣は、どうにも居心地が悪そうに見える。

ただ、全員が神の気配をまとっていることだけは共通している。つまり、彼らはこの社で白雪の大山祇に仕える神々か、あるいは雪峰の同僚と言うべき地主神たちなのだ。雪峰の処遇を判断する場であるということで、彼らも参席しているのだろう。

普段から神や妖に囲まれて暮らしている千鈴であるが、この力ある神々が一堂に会した迫力にはさすがに気圧《けお》された。瀧ケ峰領で神々に囲まれるのとは、比較にならない圧だ。唾《つば》を飲み、両の拳《こぶし》を握って、ひるむなと己に活を入れる。

だからこそ、そんな厳かで華やかな場に高慢な空気をまとって立つ、黒い影は異質としか思えなかった。

宵霧だ。

「随分遅かったな。大山脈から逃げているかと思ったぞ」

両腕を組み、宵霧はにいと口の端を上げて嘲笑う。

かちんときた千鈴は、言い返すべく口を開こうとした。一体誰のせいで、礼装を着る羽目になっているというのか。八つ当たりだとわかっていても、宵霧を責めずにいられない。

だがそれを気配で察したのか、あるいは自らも癇に障ったのか。雪峰が一歩前に出たので、千鈴は口を閉じた。

「そなたと違って、我らは礼儀を知っているからな。そなたこそ、そのように品のない恰好で大山祇の御前に出ようなど、無礼にもほどがあろう」

「ふん、大山祇が些細《ささい》なことを気にされる方ではないことは、お前も承知のはず。それに俺は、大山祇の遠縁だからな。お前たちとは違う」

「自称、であろう。大山祇がお認めになったことは一度もない」

どこまでも居丈高な宵霧に対し、姿にふさわしい、極寒の眼差しと声音でもって雪峰は迎撃する。宵霧が目を吊り上げたが、まったく意に介しない。これ以上相手にするのも馬鹿らしいとばかり、宵霧から正面へと視線を移す。さすが雪峰、と千鈴は心の中で称賛した。

宵霧を中心に、硬く激しい、神力を秘めた空気が大広間に広がった。背筋を正したくなる荘厳な神気が追いやられ、二人のやりとりを見ていた神々は眉をひそめ、隣に座す神と顔を寄せあいささやきを交わす。

だが、入り口付近に控えたままの女神も他の神々も迷惑そうにしているだけで、何も言ってこない。武官さえも、地主神たちの言い争いをいさめるつもりはないようだ。

悔しそうに顔をゆがめていた宵霧は、千鈴に視線を向けた。次はこっちが標的か。やれるものならやってみろと千鈴は睨み返し、口を開く宵霧を返り討ちにしようと身構える。

しかし。

どこからともなく、笑み含みの柔らかな青年の声が場に降り落ちてきた。

「はいはい、そこまでにしようか、お前たち」

途端。最奥の畳の上にゆがみが生まれた。それも一瞬のことで、人の形を成し、さらに色を得て人の姿となる。〝九頭竜の欠片〟の周辺で感じたものと同じ清涼な神気が、場の緊張を一掃した。

青い衣を差し色にして白い衣を重ね、雪峰とは違う意匠の白い袍を柔らかな帯で締めた、雪峰以上に華奢《きゃしゃ》な体格の男だ。純白の髪を顎《あご》の位置で切り揃《そろ》え、細い首には透明な四つの勾玉を連ねて飾っている。耳ごと両目を覆う帯のせいで、顔の細かな造作はわからない。顎や唇の形などから、おそらくは美形の若者の外見なのだろう、と推測するしかない。

これが、白雪の大山祇。大山脈そのものである男神。

ざざ、と左右に参列する神々が一様に頭を垂れた。雪峰もまた珍しく、膝をついて頭を垂れる。背後で御影が倣っているのだろう音が続いた。膝をつき頭を下げていないのは、千鈴と宵霧くらいだ。

「千鈴、大山祇の御前だ」

雪峰が千鈴を小声でたしなめた。それで仕方なく、千鈴も雪峰と同じ動作で白雪の大山祇に礼を尽くす。

「皆、顔を上げていいよ」

白雪の大山祇が許しを口にする。それに合わせ、一同は顔を上げた。やはり宵霧だけは膝をつかず、立ったままだ。当然、雪峰や御影、神々が彼に向ける視線は冷たく、険しい。

畳に腰を下ろした白雪の大山祇は脇息《きょうそく》に肘《ひじ》をつき、くすりと笑った。

「まったく、お前たちは顔を合わせるたびに喧嘩《けんか》ばかりだね。仲良くしろとは言わないけれど、少しは大人しく振る舞えばいいのに」

「大山祇は身なりなど些細なことを気になさる方ではないというのに、わざわざめかしこんで、一刻も早く参じようとしないのろまを咎《とが》めたまでです」

「……っ」

「千鈴、落ち着け」

宵霧を睨みつけるだけに留《とど》めた雪峰の後ろで、千鈴は気色ばんだ。が、御影に制止されて、喉まで出かかった言葉を呑みこむ。

それでも、怒りや悔しさは抑えきれるものではない。感情は自然と、きつい眼差しとなって宵霧に向いた。

白雪の大山祇は、小さく息を吐いた。

「まあ私は、身なりを気にはしないけれどね。だからといって、着替えに時間をかけるのを咎めるつもりはないよ。私にとって、一日も刹那もさして違いはないからね」

さて、と白雪の大山祇は言葉を挟んだ。

「雪峰。私がお前たちを呼んだ理由はわかっているだろう？〝九頭竜の欠片〟を回収した件だよ」

「……それは」

白雪の大山祇に切りだされ、雪峰が弁明をするべく口を開く。しかし、白雪の大山祇はそれを指で制止した。代わりに、千鈴のほうへ顔を向ける。

場の空気に、神々の戸惑いの色が混じった。

「雪峰が私に刃向かおうとしていると宵霧は主張しているけど、私と同じくらい怠けものの雪峰がそんな面倒なことを考えるとは思えない。なにしろ、今の領地でも仕事放棄をたまにしているようだからね？　大山脈全体となれば、もっと面倒だ」

「……」

「でも、お前が独断で〝九頭竜の欠片〟を掘りに行った可能性はある。自分を拾った雪峰への恩義に報いるために」

そして白雪の大山祇は、ねえ、と千鈴に呼びかけた。

「どうしてお前は、そんなに雪峰に尽くすのかい？」

優しい声で、白雪の大山祇は千鈴に問いかけた。

「お前が雪峰に拾われたのは、彼が統治を怠けて水神たちの悪ふざけを許し、人間たちが雨乞《あまご》いの儀式にと生贄を求める原因を作ったからだろう。それに、拾ってからもしばらくのあいだはお前を放っていた。あの赤鬼がしつこく進言していなければ、〝六花の宴〟の日までお前は滝壺御殿から出ることができなかっただろうね」

「……」

「雪峰はお前にとって、けして好ましいものではなかったはずだよ。何故そうも、命を危険にさらしてまで尽くそうとするんだい？」

千鈴に問う声音は、最初から最後まで、どこを聞いても穏やかだった。幼い千鈴が過ごした無情な日々を並べたてているのに、声の色のせいか冷たくは感じられない。口元や眉の動きもそうだ。心底不思議そうにも聞こえる。

だが、悪意がにじんでいるように思えるのは、気のせいだろうか。

否。勘違いであるはずがない。

この、神は――――。

千鈴の黒い目が、胸中が、怒りで燃えた。

「……最初から純粋な善意や愛がなければ、応えてはならないのか」

立ち上がって、千鈴は喧嘩腰と言っていい調子で言い放った。

場がどよめいた。雪峰が焦った表情で振り返り、御影もやめろと強い声で制止する。

だが、千鈴は止まらなかった。白雪の大山祇が雪峰を遠回しになじるようなことをしたのが、どうしても許せなかった。

「そんな決まりはないだろ。確かに雪峰が私を拾ったのは、〝六花の宴〟で献上品にするためだ。最初は私に声をかけてくれなかった。でもそばにいてくれるようになった。今は大事にしてくれてる。だから、昔のことなんてどうでもいい」

「……」

「私は、雪峰がそこの傲慢男に馬鹿にされるのが嫌だったから、〝九頭竜の欠片〟を探すと決めたんだ。大事な人の力になりたいと思うのは、誰だって当たり前のことじゃないか」

確かに雪峰は、千鈴が危険なことをするのを望んでいなかった。雪峰のことを思うならなおのこと、千鈴は彼に相談しなければならなかった。

それでも、命の恩人の力になりたいと思う気持ちは当たり前で、不思議がられるようなことではないはずだ。

ましてやこれは、千鈴への問いのふりをして雪峰の反応を楽しむために違いないのだ。雪峰をいたぶるために利用されるなんて、冗談ではない。

　そんな千鈴の激情が、居並ぶ神々に理解されるはずもない。大広間に並ぶ神々は一斉に厳しい視線を千鈴に向けた。神力を秘めた冷たい怒りの眼差しは、千鈴を刺すような鋭さだ。心の臓が早鐘を打つ。

　当たり前だ。千鈴を睨みつけているのは、地主神やそれに匹敵する神力を有した神々なのである。雪峰に仕える神々とは格が違う。力ある神々の怒りに平然としていられるほど、人間の身は丈夫ではない。

　だが、千鈴は一歩もひるまない。ともかく怒りしかなかったのだ。

　何故なら。

「大体！　白雪様が言ったんじゃないか！　雪峰たちに何も教えないで旅に出て、〝九頭竜の欠片〟と掘りに行くまでの一部始終を献上品にしたら、宵霧が雪峰に絡まないよう言い含めてやるって！　だから私は掘りに行ったのに、なんでこんな茶番までやらされなきゃいけないんだ！」

　全身を駆ける感情のまま、千鈴は怒鳴った。

　山祇たちのあいだに、どよめきが広がった。場に満ちていた神々の怒りが乱れ、空気がざわつく。千鈴は呼吸がしやすくなった。

　雪峰は愕然《がくぜん》とした表情で千鈴を見上げた。

「……どういうことだ？」

「言葉のままの意味だよ」

笑みを含んだ声で、千鈴の代わりに白雪の大山祇は言った。

「里帰りした千鈴を、お前は滝の近くで待ってやっていたことがあっただろう。あれを私は見ていたんだよ。この帯を外してあちこち見ていたら、偶然目についてね」

「……っ」

「お前がそんなことをする性格じゃないことは、白神川に生った頃からお前を見ていた私がよく知っている。だから、お前に気まぐれを起こさせた人間の子供に興味を持ってね。少し素性を調べてから、夢の中で会うことにしたんだよ」

息を呑む雪峰に、白雪の大山祇はいっそ楽しそうとさえ思える形に唇と頬をゆがめ、そう説明した。

そう、千鈴がこの性悪な神と初めて会ったのは、千鈴が故郷から帰ってしばらくした、ある夜のことだ。

ふと気づけば、千鈴は奇妙な場所に立っていた。辺りは見渡す限りの闇なのに、寝間着を着た自分の姿は何故かはっきりと見えるのだ。踏みしめる地面も床のように平らで黒く、感触や温度が感じられない。

滝壺御殿のあてがわれている部屋で眠ったはずなのに、どうしてこんなところに自分はいるのだろう。そもそも、ここはどこなのか。不思議に思いながら、千鈴はともかく火守か御影を見つけようとした。自分はいずれ、大山脈で一番尊い神への献上品にならないといけないのだ。雪峰もきっと困っている。

　そのときだった。

『随分落ち着いているね。もっと慌てると思ったのだけど』

『っ！』

　突如背後から知らない男の声が聞こえ、歩きだそうとしていた千鈴は跳び上がらんばかりに驚いた。ばっと振り返り、声の主を確かめる。

『やあ、はじめまして千鈴。お前の夢に邪魔させてもらったよ』

『……』

　見たことのない優男が親しそうに声をかけてきたものだから、千鈴は目元に険をにじませて警戒した。

　だって、この気配からすると神だ。神や妖にはもうさんざん、滝壺御殿で馬鹿にされている。無愛想でも千鈴にひどいことを言わない御影はともかく、神には警戒心しかない。そもそも、どうして千鈴の名を知っているのか。

　千鈴の様子を気にしたふうもなく、優男は言葉を続ける。

『白雪の大山祇、と言えばわかるかな。大山脈の山祇たちには、大山祇と呼ばれているけど』

『……大山脈で一番偉い神様？』

『そう。お前と話をしようと思ってね』

眉をひそめる千鈴の呟きを肯定し、白雪の大山祇は唇だけで笑んだ。

そうして、千鈴と大山脈の主の交流は始まったのだ。次の交流はいつなのか、何をするのかを千鈴が決められることはほぼなく、風景も彼が望むままに変えられてしまう、理不尽極まりないものではあったけれど。

「千鈴は最初から割と無礼だったね。睨んでくるし、へりくだらないし。けど会うたびに面白い反応をしてくるから、私の名を呼ぶことも敬語を使わないことも、召喚に応じることも約束してやっていたんだ。こうして名を呼びはしても、千鈴が私を召喚することはなかったけどね」

「……」

当然だろうが。千鈴は心の中で呟いた。お前をからかって遊ぶのは本当にいい退屈しのぎになる、と爽《さわ》やかにのたまう男神に、誰が進んで会いたがるのか。どうせ千鈴のことを、威勢のいい愛玩《あいがん》動物か何かと思っているくせに。

「それで先日、やっと私を夢の中に呼んだと思ったら、お前が馬鹿にされないよう何を献上品にしたらいいか教えろ、ときた。この私が与えてやった特権をそんな小ずるいことのために利用するのだから、まったくいい度胸をしているよね。まあそれもお前のためなのだから、一途《いちず》と言えば一途だけど」

「……人の夢へ毎回無断侵入してくる奴に言われたくない」

「ひどい言いようだなあ。お前がまだ雪峰にあまり構ってもらえてなかった頃、夢の中で遊んでやったじゃないか。楽しい昔話もしてやったし」

「自分が楽しむためだろ」

雪峰に説明したあとでくすくす笑う白雪の大山祇に、千鈴は反論する。もうそのすました顔を殴らせろ。心の中で毒づきすらした。

千鈴があの夜まで献上品になることを受け入れていたのは、それが雪峰のためになると信じていたからだけではない。献上されたあとは、白雪の大山祇に振り回される夢の中の日々が現実になるのだと、簡単に推測できたからだ。想像するだけでもうんざりだったが、雪峰のためだから受け入れられた。それだけの話である。

しかし雪峰が千鈴を手放さないと宣言したために、千鈴の覚悟は無駄になった。仮に白雪の大山祇との交流を話し、だから自分は献上されても上手くやっていけると説得を試みても雪峰が納得しないのはわかりきっている。千鈴を手放したくなくて、雪峰は特産品の振興に力を入れていたのだ。

千鈴が我が身を犠牲にすることを雪峰は望んでいない。それでも、千鈴は何もせずにいられる娘ではないのである。何を欲しいのか尋ねるために白雪の大山祇を召喚するのは、当然のことだった。

明らかになっていく事実に衝撃を受けているのは、雪峰や居並ぶ神々だけではない。宵霧も同じだった。

「で、では、大山祇がここに雪峰たちを呼んだのは」

「もちろん、すべてをお前に話すためだよ。この件で雪峰を処罰したがるお前を黙らせるには、それが一番だからね。雪峰の反応も見てみたかったし。……まあ私が話す前に、千鈴が暴露してしまったわけだけれど」

目を大きく見開き声を震わせる宵霧にこの場の本当の意味を明かすと、白雪の大山祇は千鈴にちらりと視線を向けた。もちろんと言うべきか、千鈴はそれを噛みつきそうな目で迎える。

そういうわけで、と白雪の大山祇は脇息に肘をついていた身を起こし、背筋を伸ばした。

「私は千鈴を罰しないよ。彼女が〝九頭竜の欠片〟を掘りに行ったのは、私と取引をした結果だからね。もちろん、この件で雪峰への処罰もなしだ」

これが私の裁きだよ。白雪の大山祇は首を傾けて微笑んだ。

そこに無邪気な悪意が混じっているのは、今度こそ間違いない。


「……だから、悪趣味だって言ったんだ」

この性悪男。千鈴は小さな声で吐き捨てた。

第四章　彼らの答え

茶番という表現は、まったくもって正しかったのだ。

すべては、白雪《しらゆき》の大山祇《やまつみ》が仕組んだ茶番劇。太古の昔から大山脈のすべてを眺め続けるかの大神の退屈をまぎらわせるために、誰《だれ》も彼もがそうとは知らず喜劇を演じさせられた。

ただ一人、出演者であり共犯者でもある千鈴《ちすず》を除いて。

「…………貴方《あなた》が、千鈴を〝九頭竜の欠片《かけら》〟へ向かわせたとおっしゃるか」

白雪の大山祇に問う雪峰《ゆきみね》の声音は、ひどく静かだった。抑揚がなく、平坦な調子は感情がないように聞こえなくもない。

だが、怒りが全身からほとばしっている。神力を脇《わき》へ押しやるように広がり、空気を一色で染めているのが、傍らにいる千鈴にもわかるのだ。肌を通り越して心の臓にまで伝わってくる。神威が去って落ち着きかけていた心の臓が、また異様な速さで恐怖を訴える。

怖い――――…………。

怒りに駆られて大神に真っ向から立ち向かったというのに。雪峰は千鈴に対して怒りを向けているわけではないというのに。

千鈴は今、雪峰に対して近寄りがたいものを感じて――――怯《おび》えていた。

「結果としてはね」

白雪の大山祇は、表情から笑みを消した。

「しかし私は千鈴に献上品として望むものを聞かれて、〝九頭竜の欠片〟とそれを掘り出す過程を献上品にすれば望みを叶《かな》えてやると、約束をしただけだよ。彼女には自分が献上品になる選択肢も、お前が他《ほか》の献上品を用意するのに任せる選択肢も示した。その上で自分が危険を冒すと決めたのは、彼女自身だ」

「っ千鈴ならそうせざるをえないと、貴方はわかっていたはずではないのか！」

「！　逃げろ千鈴！」

立ち上がった雪峰の神力が解き放たれるのと御影《みかげ》が叫ぶのは、ほぼ同時だった。

しかし、千鈴は咄嗟《とっさ》には反応できなかった。なすすべもなく、真っ白な衝撃波に吹き飛ばされる。

だが。

「落ち着きなよ、雪峰」

少しばかり場違いな、呆《あき》れ交じりの神の声がした直後。社《やしろ》を揺るがす雪峰の神力は失《う》せた。

千鈴は列席する神々の前に倒れ伏す。

全身を襲う痛みにうめきながら、千鈴は身を起こした。

「千鈴、無事かっ……？」

「なんとかな」

駆け寄ってきた御影に問われ、千鈴は全身の痛みを堪《こら》えながら答えた。

顔を向けると、御影は雪峰の姿に変化していた。雪峰の神力をある程度我が身に吸収することでやりすごしたのだろう。ざっと見たところ、特に傷はないようだ。

だがさらに首をめぐらせれば、本物の雪峰は半透明の白い格子の檻《おり》に閉じこめられていた。それればかりか、何か見えない重しを背に負わされたかのように片膝《かたひざ》をつき、わずかしか動けない様子だ。それでも雪峰の神力が暴れているのか、装束や髪が激しくなびいていた。

白雪の大山祇だ。大山脈の主が、神力で雪峰を檻に閉じこめているのだ。いつのまにか光を放っている雪峰の胸元の勾玉《まがたま》も、彼を苦しめているに違いない。

「雪峰！」

神々がざわめく中、千鈴は檻に駆け寄った。千鈴、と御影が声をあげたような気がしたが、心には留《とど》まらない。格子に飛びつこうとする。

しかし触ろうとした刹那《せつな》、檻に弾《はじ》かれてしまい、千鈴は白雪の大山祇を睨《にら》みつけた。

「白雪様！　雪峰に何するんだ！」

「ひどいね、助けてやったというのに」

言葉ほどには怒りや呆れを感じさせない声で、白雪の大山祇は小さく息を吐いた。

「雪峰、千鈴のことでは極端に心が狭くなるのも、ほどほどにしておきなよ」

「っ貴方が千鈴をたぶらかしたりなどしなければ、私はこれほど怒りはしませぬ……！」

獰猛《どうもう》な獣のように雪峰は唸《うな》った。憤怒《ふんぬ》の声は波動となって、神力の白い檻をきしませる。

それに遅れて、雪峰の首にかかっている勾玉にひびが入った。身にかかる圧力が弱まったのか、雪峰はゆらりと立ち上がる。

勾玉が持つ白雪の大山祇の神力を、雪峰の神力がしのごうとしているのだ。普段は力の気配をまったく感じさせなくても、強力な神具だというのに。

千鈴は思わず息を呑《の》んだ。

「たぶらかしたと言われてもねえ……まあそうなんだけど」

雪峰に与えた勾玉の異変に気づいているはずなのに、白雪の大山祇は平然として両腕を組んだ。

「でも雪峰。お前がそうして無闇《むやみ》に力をふるったせいで今、千鈴を自分で傷つけてしまったよ？　ほら」

と、白雪の大山祇は千鈴の頬《ほお》を指さした。

とは言っても、傷はぴりと存在を主張しているだけで、血が次から次へと流れているわけではない。それより、神力の波動を叩《たた》きつけられて全身が鈍く痛みを訴えているほうこそ堪えている。

何故《なぜ》、白雪の大山祇はわざわざ千鈴の頬の傷を指摘するのか。そんなの、雪峰をいたぶって遊ぶため以外、ありはしない。

「雪峰様！　心を鎮めてください！」

千鈴の背後で、御影が未《いま》だ力を荒ぶらせる雪峰に呼びかける。左右に並ぶ神々も雪峰殿と声をかけ、あるいは白い檻に近づいて鎮めようとしている。

だが千鈴には、どこか遠いものに聞こえた。

何故なら、振り向いた雪峰が目を大きく見開いていたのだ。川蝉《かわせみ》の背の色が、石を投げ入れられた水面のように大きく揺れている。

動揺している――――傷ついている。千鈴は直感した。

傷つけてしまったのか、私は。

千鈴を。愛《いと》しい千鈴を。

他ならぬ、この私が！

「っ」

雪峰の慟哭《どうこく》が聞こえたような気がして、千鈴の心の臓は強く脈打った。

駄目だ、言わないといけない。私は大丈夫だって言わないと。この檻を解いてもらわないと。

その思いに突き動かされ、千鈴は口を開いた。大丈夫、気にするなと雪峰に言おうとする。

そのとき。

近づいてきた男神を神力で吹き飛ばした直後。白い檻の中、雪峰の姿がゆがみはじめた。

「――――！」

「雪峰様！」

千鈴は言葉を失った。御影が焦った声で主《あるじ》の名を呼ぶ。

雪峰は、本来の姿と水流が交互に失せては現れ、定まらなくなっていた。本来の姿のときに見える白い顔から感情はすとんと抜け落ちていて、欠片も見当たらない。祭りで用いる面だって、これよりは感情を見せているだろう。

雪峰が千鈴を見ていない。

たった一枚の壁を隔てているだけなのに。それだけで。

不意に、ぱん、と何かが砕ける音がした。

とうとう、雪峰の首を飾っていた勾玉が砕けたのだ。

途端。大広間に風が吹いた。ただし、格子窓からではない。重く、不愉快な気配をはらんだ風は千鈴の正面から吹き、短い黒髪を軽く梳《す》くように乱していく。

御影が息を呑んだ。

「このままじゃ、堕《お》ちる……！」

「堕ち……？」

「祟《たた》り神になる、ということだよ」

静かな声が宙から落ちてくる。千鈴がそちらを向くと、白雪の大山祇が奥から出てきていた。

雪峰の姿はいよいよ不安定になり、かろうじて本来の姿を留めてはいたが、身体《からだ》のあちこちが黒光りする流水になったり元に戻ったりを激しく繰り返していた。完全な礼装姿に戻ったのも束《つか》の間、数拍もしないうちに身体は幾重にもずれていくつもの黒い頭がうごめき、何本もの腕が白い檻を壊そうとする。そのたびに禍々《まがまが》しい力の波動が格子を通り抜け、千鈴たちの髪や装束の裾《すそ》をはためかせていた。

それでも、白い檻は一向に壊れる気配がない。格子に触れようとする黒い腕を弾き、雪峰の神力で室内に風が吹き荒れるだけに留めている。

白雪の大山祇が甚大な神力を白い檻に注ぎ、抑えこんでいるのだ。それだけ、雪峰の変質した神力がすさまじいのである。

「……この様子だと、九頭竜以上の祟り神になるかもね。雪峰は、今まで大山脈にいた水神の中でも最強と言っていい力の持ち主ではあるのだけど……これは想定外だ」

列席する神々の恐れおののく声と気配が大広間に満ちる中、雪峰に顔を向けたまま白雪の大山祇は言う。その横顔も声音も珍しく硬く、事態がいかに悪いほうへ向かっているかを示す。

千鈴はぞっとした。

「白雪様！　雪峰を助けられないのかっ？」

「無理だね」

千鈴が縋《すが》るように問いかけたが、白雪の大山祇は間髪入れずに断言した。

「己の在り方を自覚し、御魂《みたま》の根源となる力を制御できてこその神だ。それは私が干渉できることじゃない。この状況で私にできるのは、殺す以外には封印することくらいだよ」

「……！」

千鈴は言葉を失った。

血の気がさあっと引き、体温が下がっていくのが嫌でもわかる。心の臓の音がうるさい。急に呼吸が難しくなって、息苦しい。

殺す、封印、という言葉が頭の中をぐるぐるとめぐった。

雪峰が、殺される？

この世からいなくなる？

――――そんなこと、認められるわけがない。

千鈴はぎり、と唇を噛《か》みしめた。

「……雪峰のそばへ行く」

「っ！　お前、何考えてるんだ！」

「他に方法がないだろ！」

声を荒げる御影に千鈴は怒鳴った。

一体他にどうすればいいというのか。白雪の大山祇でさえ、殺すか封印するしか手がないというのだ。だったら千鈴ができることなんて、雪峰のそばへ行くことくらいしかないではないか。

「白雪様、頼む。雪峰のそばへ行かせてくれ」

千鈴は悲痛な声で、つい先ほどは睨みつけていた大神に懇願した。

愚かなことだとわかっている。自分は巫女《みこ》の才をたまたま得ているだけの人間だ。宵霧《よいぎり》にさえ一人では勝てない身で、祟り神へ堕ちようとする当代最強の水神の暴威に耐え、さらには鎮めようだなんておこがましい。

だが、これしか方法はないのだ。これが千鈴なのだ。

死ぬことは怖くない。そんなことより、雪峰が滅ぶほうがずっと恐ろしい。

そして、そんな千鈴の眼前にいるのは、退屈を埋めることに飢えた無情な大神なのだ。

「――いいだろう」

千鈴の考えは正しく、口の端を吊《つ》り上げ、白雪の大山祇は了承した。

御影が抗議の声をあげ、神々がどよめいたが、白雪の大山祇が聞くはずもない。腕をふるい、神々を守る障壁を築く。

そして、白雪の大山祇は御影のほうを振り向いた。

「さて、お前はどうする？　見ているだけかい？」

「――――っ」

挑発的な大神の物言いに、御影はかっと頬を赤く染めた。怒りで目を燃やし、千鈴の前に躍り出る。

それを見た白雪の大山祇は、雪峰を閉じこめる檻を壊した。

途端、神力の暴風が千鈴に襲いかかってきた。千鈴は思わず顔を腕で覆ったが、神威が千鈴を包むや、暴威は一瞬にして失せる。

「さっさと行ってこい。あんまりもたせられないからな」

振り向きもせず、雪峰の神力を両手に留めて御影は言った。

雪峰の声だ。しかし千鈴の耳には、仕方ないな、といった本音がにじみ出た、千鈴のわがままを聞いてくれるときの御影の声に聞こえた。

千鈴は顔をくしゃりとゆがめた。

ああ、やっぱりそうだ。この水神は雪峰の影なんかじゃない。

無愛想で口うるさくて、けれど最後には千鈴の無茶につきあってくれる、面倒見のいい千鈴の〝兄〟だ。御影だ。

「――――っありがとっ」

大声で礼を言って、千鈴は走りだした。迷いも恐れもなく、雪峰に向かっていく。

御影が障壁を張ってくれたおかげで、千鈴の行く手を遮るものは何もなかった。先ほどは神力の暴風で見ることができなかった雪峰の姿が、今ははっきりと見える。

雪峰の変化はこの短時間のあいだに進んで、また本来の人の姿に戻ってはいたが、鬼より長い二本の角が生え、爪《つめ》も伸び、袍《ほう》や肌の上で水流が様々な色に変わりながら激しく流れるようになっていた。肩を荒く上下させるたび、常の雪峰とはまるで異なる禍々しい神力の波動が建物全体を震わせる。神々が恐怖し、嫌悪しているのも、千鈴の視界の端にわずかばかり見えた。

「――――雪峰！」

千鈴は名を叫んだ。雪峰へと大きく腕を伸ばす。

「落ち着け！　私はここにいる！」

言葉を示すように、千鈴は雪峰の身に抱きついた。

瞬間、千鈴を取り巻いていた御影の守護が失せた。力の源流である雪峰に、吸収されてしまったのだ。身体が吹き飛ばされるどころか千切れてしまいそうな力と風の暴威が、千鈴を襲う。

「戻ってこい！　このままじゃ元に戻れなくなる！　一緒にいられなくなる！」

暴風に負けるものかと、千鈴は声を張りあげた。

「私は雪峰と！　一緒にいたい……っ！」

千鈴が叫ぶあいだにも、雪峰の身体は変化していく。それどころか、身体のいたるところに傷が生まれ、血が噴き出した。鮮血は水流に呑みこまれたちまち見えなくなるが、次から次へと流れていくために、赤は雪峰の身体から消えない。

崇り神へと堕ちながら、傷ついている。きっと言霊の縛りを破ろうとしているからだ。『離しはせぬ』と言ったのに、自分から千鈴を手放そうとしているから。もしかしたら、崇り神になる前に死んでしまうかもしれない。

もう時間がない。

千鈴は、雪峰の身体に回した腕にこめる力を強くした。

どうか、と願うほどに、胸の奥からせり上がってくる感情と言葉がある。激しい熱を伴ったそれは千鈴の全身を駆けめぐり、宿る巫女の才を震わせて、力と共に千鈴の唇から飛び出そうとする。

大丈夫。聞こえている。千鈴のぬくもりも肌の心地も、雪峰に届いている。

だって、千鈴は雪峰を絶対に見失ったりしないのだから。

雪峰が千鈴を忘れるはずないのだから。

だから、届く。

「私は――――」

感情が高ぶって、千鈴の声が震えた。

「私は、雪峰が好きだっ……！」

伝えたことのなかった想《おも》いを千鈴が言葉にした瞬間、目からこぼれた涙は神力の風に巻き上げられ、刹那だけ雪峰の肌を濡《ぬ》らした。

そう、千鈴はずっと、雪峰が好きだった。

いつからかは知らない。それがどんな対象に向けたものであるのかも。

そんなことはどうでもいい。好きという気持ちに間違いないのだから。

千鈴はずっと、誰かの犠牲になることが自分にさだめられた生き方なのだと考えていた。自分はいつか雪峰の手によって、白雪の大山祇への献上品になる。それが自分の存在理由だと信じていた。

けれど、髪を伸ばすことも女の装いもできなかった。単なる千鈴の嗜好《しこう》からだけではない。女らしくない小娘のままでいればどこへもやられずに済むのではないかという考えが、心のどこかでずっと残っていたのだ。

本当は、雪峰と一緒にいたかった。情けなくて甘くて優しいこの水神と共に眠り、目覚め、瀧ヶ峰《たきがみね》領で生きていたかった。

だから千鈴は、雪峰と共に生きていく道を自分で選んだのだ。雪峰をあざむく、ひどい方法だとわかっていても。

だから。

「私をおいていくな、雪峰――――――!」

『私は、雪峰が好きだ……！』

千鈴を傷つけてしまったのだと理解した瞬間から感情が吹き荒れ、沈み、思考と己の形が曖《あい》昧《まい》になっていく闇の中。愛しい娘の悲痛な声が、はっきりと雪峰の心に聞こえてきた。

途端、感情の嵐《あらし》で何も考えられなくなっていた雪峰の視界に静寂が訪れた。里帰りした千鈴を迎えに行った日のことが、鮮やかに再現されていく。

そう、あの日。故郷から戻ってきた幼い千鈴は、まるでひび割れたもろい細工物のようになっていた。滝壺《たきつぼ》で拾ったときの痩《や》せこけてなお宿っていたきらめきが、瞳《ひとみ》から失われていたのだ。御影に引きずられ、どうにかここまで来たのは明らかだった。

このままでは、心が壊れてしまうかもしれない。雪峰は憂慮した。

狂ってしまっては献上品にならない。宵霧を黙らせるためにせっかく拾った稀有《けう》な献上品を、こんな形で失うのはどうにも惜しく思えた。火守もきっとうるさくなる。

少しは丁寧に扱ってやったほうがいいだろう。そう雪峰は考え、幼い千鈴に声をかけてやった。足に縋りついてくる彼女を抱き上げもした。大人《おとな》の妖《あやかし》が半泣きの子供にそうしてやって機嫌をとっているのを、妖の里で見たことがあったから。

子供に対する妖の振る舞いをなぞっただけだ。何か感情的な理由があったわけではない。

なのに雪峰を視界に映した途端、幼い千鈴は全身で訴えてきたのだ。

おいていかないで。

一人にしないで。

いい子にしてるから、だから――――。

ただ雪峰だけを映した漆黒の目。雪峰だけを頼みにした声、小さな手。感じたことがあったのかもさだかではない、肌でじかに感じる他者のぬくもり。

鼓膜を震わせるものではないそれは、巫女の才を持つからこそ放つことができた、心からの声だったのだろう。滝壺で溺《おぼ》れ死のうとしていたときも、幼い千鈴は死にたくないと声なき声で叫んでいた。その声がうるさくて、雪峰は滝壺御殿から滝壺へ出てきてすぐ、彼女を見つけたのだ。

巫女の才とは、人間や妖が心からの祈りを神に伝える力だ。千鈴の祈りは確かに雪峰に伝わり、それどころか叶えられた。意図せずして、雪峰は彼女の祈りを聞き届けていたのだ。

そう、だから。

『私をおいていくな、雪峰――――!』

夕暮れの情景を切り裂くように、成長した千鈴の声が聞こえた刹那。雪峰の意識は明瞭《めいりょう》になった。景色はぐにゃりとゆがみ、高速で雪峰の眼前を駆けていく。

千鈴と過ごした日々の記憶を辿《たど》るほどに、己の在るべき御魂の形を取り戻していった。曖昧になっていた己の姿を自覚していくにつれ、清らかな水と神力が己の身に満ちていくのをはっきりと感じる。

ああ、そうだ。私はこんなところにいてはならない。千鈴はここにいない。

千鈴のもとへ帰らねば。

私は雪峰。白神川《しらかみがわ》の主にして瀧ヶ峰領の地主神。

千鈴の神だ。

御魂の在るべき姿を見失い、堕ちようとする水神の暴威にさらされて、どのくらい経《た》ったのか。唐突に神力の嵐が失せたのを感じて、きつく目を閉じていた千鈴は詰めていた息を吐き出した。

まるでそれを合図としたように、千鈴が抱きかかえていたものが突如質感を変えた。不愉快な水流と恐ろしい神力の波動の代わりに、すべらかな布地の肌触りが千鈴の頬に触れる。

そして、緩やかに動く。

千鈴は目を見開いた。人の身で膝をついた雪峰を見上げる。

「――――情けないな。『離しはせぬ』と言いながら我を失い、そなたを見失い、手放そうとしていたとは」

「――――っ」

疲労と自嘲《じちょう》の響きの声は、確かに聞き慣れた男のもの。こみ上げてきた感情を抑えきれず、千鈴は顔をくしゃりとゆがめて雪峰に抱きついた。

そんな千鈴の髪に、雪峰は指でおそるおそるといったふうに触れた。ぽうと千鈴の頬に熱が灯《とも》り、ぴりとした痛みが失せる。千鈴の礼装を濡らしていた水もすべて抜け、雪峰の手の中で消えた。

「すまない。そなたにまた心配をかけてしまったな。……怪我《けが》もさせてしまった」

「っ怪我したのは雪峰のほうだろっ……！」

抱きしめられ、千鈴は雪峰の腕の中で声を震わせる。布の質感は少しばかりいつもとは違うけれど、どこもかしこも、千鈴が知っている雪峰だ。そう全身で感じ、千鈴は雪峰の胸に頬を寄せた。

「……御影も、よく千鈴を守った」

「いえ……」

近づいてきた気配に、雪峰がささやかに労をねぎらい、御影は言葉少なに応《こた》える。それさえ今の千鈴には、どこか煩わしく感じられた。

しかし。

「……ふざけるな」

ぎり、と歯ぎしりの音と共に、獣が唸るような低い怨嗟《えんさ》の声が千鈴の感動に水を差した。うるさいこの疫病神。不快感と怒りで怒鳴りたい衝動がこみ上げ、千鈴は顔を声のほうへ向ける。

声の主である宵霧は両の拳《こぶし》を震わせ、神力を全身からにじませて千鈴と雪峰を睨みつけていた。狙《ねら》った獲物を得られないと、不満をあらわにした獣のようだ。

宵霧は白雪の大山祇のほうを向いた。

「大山祇よ、これは大罪ですぞ！　雪峰は地主神でありながら祟り神に堕ちかけ、大山祇に力を向けた！　巫女のことは罰せぬとしても、雪峰は罰さねば他の神々に示しがつきませぬぞ！」

「っお前まだそんなこと」

声を張りあげて雪峰の処罰を求める宵霧に、かっとなって千鈴は反論しようとした。雪峰は何も悪くないのに、どうして罰されなければならないのか。

だが。

「いい加減にせよ、宵霧」

怒りと嫌悪をにじませて、雪峰が声をあげた。千鈴を床に置いて立ち上がると、宵霧を睨みつける。

「確かに私は己を見失い、祟り神に堕ちようとした。そのことについて申し開きはせぬ。大山祇が裁くというのであれば、受け入れよう」

「っ」

千鈴は息を呑んだ。そんな、と叫びそうになるが、雪峰の指先が静かに、と示すように目の前で動いたので口を閉じる。そうするしかない。

だが、と雪峰は語気を強めた。

「罪は裁かれるべしと言うのであれば、それはそなたも同じこと。そなた自身が立ち入ったことは除くとしても、我が瀧ヶ峰へ幾度となく配下を向かわせ荒らさせたこと、忘れたとは言わせぬ」

「何を、証拠もないのに……っ」

「証拠なら、ここにある」

宵霧が言い返そうとするのを、雪峰は強い声で遮った。

「先日、千鈴と我が配下が〝九頭竜の欠片〟を回収しに行った折。妖の襲撃に遭ったが、襲ってきたものらはお前の配下と名乗ったとか。そうだな？　御影」

「はい。……千鈴を殺せば褒美がもらえる、と言っていました」

雪峰が視線を向けると、雪峰の姿から本来の姿に戻っていた御影は証言した。神々が一斉にどよめく。

宵霧は剣呑《けんのん》な表情になった。

「だからどうした。それのどこが、俺が瀧ヶ峰領を配下に荒らさせた証拠になる」

「忘れたか宵霧。我ら神が望んで偽りを口にするは、己が身に刃《やいば》を突きたてるも同じこと。その理は、大山祇とて例外ではない」

「……！」

宵霧が浮かべていた嘲《あざけ》りの表情は、雪峰の最後の一言で凍《い》てつき、崩れた。

「大山祇は、千鈴たちがすることを全部御覧になっていたのだ。ならば、千鈴たちが襲ったものどもが何を言ったかも全部御存じのはず。さらにその数日前、瀧ヶ峰の里を襲わんとした妖の群れが誰の配下であるかも、大山祇なら明らかにしてくださるであろう」

「……っ」

宵霧は、雪峰の論を即座に否定することができなかった。わなわなと両の拳を震わせる。

そう、白雪の大山祇は千鈴に有利な偽りを語らない。それは言霊《ことだま》の理にそむき、己を傷つけることだから。誰一人騙《だま》すことができないのに、あえて事実を偽る理由はない。

雪峰は自分たちを縛る理を逆手に、宵霧の罪を明らかにしようとしているのである。

「我ら大山脈の地主神は、大山祇より統治権を与えられて山々を統《す》べている。他領の秩序を好んで乱すは、越権行為に他ならぬ。これもまた、お前も知っているはずだ」

「……！」

「さあ、宵霧よ。大山祇に問うてみよ。我が瀧ヶ峰を荒らさんとした妖どもは、誰の配下か。千鈴と我が配下を襲ったものらは、一体誰の指示を受けていたのか。かのものらは自分とは無関係であると、大山祇の言霊をもって証明してみせよ！」

大広間にいるものすべての視線を一身に受け、雪峰はそう、言葉に詰まった宵霧に言い放ってみせた。

力強く声を張った雪峰の横顔は、声音を表すように凛々《りり》しく、研ぎ澄まされていた。滝壺御殿で執務のときに千鈴が見た、己の罪や不利益から逃れようとするものたちに裁きを下すときを思わせる。

雪峰は瀧ヶ峰領の地主神として、領地を荒らすものに制裁を下そうとしているのだ。何より、千鈴を傷つけようとするものを排除するために戦っている。

その身に背負うものすべてを、全霊で守ろうとしているのだ。

千鈴の胸が震えた。服装も髪も乱し、地位の証《あかし》を自ら放棄してなお地主神の威厳を失わない、誇り高い水神の横顔をただ見上げる。

すると。

「そうよ。貴方こそ言葉を慎みなさい」

宵霧や白雪の大山祇自身の言葉を待つ前に、嫌悪をあらわにした鋭い声が大広間の左からあがった。

声の主は列から数歩前に出てきた、鳥を思わせる姿をした女神だった。

「瀧ヶ峰領が宵霧の配下に荒らされているとのことだけど、わたくしの領地も、春裾《はるすそ》領から来たものたちに荒らされて困っているのよ。配下の行儀が悪いのを、一体いつまで放置しているのかしら」

「私の領地もだ。お前の配下が春裾領の街道で商人たちを襲うせいで、こちらへ来る商人の数が減り、いくつもの里が活気を失ってしまった。あれらをお前が遣わしたのではないとしても、お前の地主神としての素質には疑問がある」

「大山祇も戯《たわむ》れが過ぎますわ。その娘の雪峰殿を慕う気持ちを手玉にとって、〝九頭竜の欠片〟を掘りに行かせようとするなんて。夢に通うほどその娘をお気に召しているのであれば、もっと優しくなされればよろしいのに」

「ええ、本当に。その子が可哀《かわい》そう」

女神の発言を皮切りに、神々は非道な仕打ちを次々と非難する。しかもそれは宵霧だけでなく、白雪の大山祇に対してもだ。主君に対する態度では到底ない。

千鈴は唖然《あぜん》とした。

なんだ、この擁護の声の数々は。先ほどまでの千鈴に対する怒りはどこへいった。宵霧の悪行を責めたてるのは当然だとしても、白雪の大山祇にまでとはどういうことだ。

しかし当の白雪の大山祇は、この展開を楽しんでいるようにも見える表情で腰に手を当てた。

「お前たち……さっきまでは千鈴を非難していたのに、随分な手のひら返しだね？」

「事情を知る前後で態度が異なるのは、当然でございましょう？　ましてやあのように、危険を省みない無垢《むく》な想いと絆《きずな》を見せられたとあれば、心動かされぬのは無理な話というもの」

「そうそう。あれほど神の前で堂々と己をさらけ出す人の子を見るのは、久しぶりでしたわ。もちろん、あの雪峰殿が女のことであんなに怒りをあらわにしたのも驚きましたけれど」

秋山の錦《にしき》のような身なりの女神が艶《あで》やかに目を細めると、その隣にいる可憐《かれん》な女神もころころと笑って追従する。他の神々もたちまち同意の声をあげた。特に女神たちの声は大きく大広間によく通って、宵霧と白雪の大山祇を責めたてる。

神々の非難を受けて、さすがの宵霧も睨み返せずにひるんだ様子を見せた。ただ一柱、気弱そうな男神にはどうにかしろと言わんばかりにきつい視線を向けるが、男神はびくりと肩を震わせると顔をそらして宵霧を拒む。春裾領に縁のある神なのだろうか。

あるいはあの男神が、この社の周辺で生ったという宵霧の父神か。

ならばと宵霧が縋った白雪の大山祇は、視線に気づくと仕方なさそうに息を吐いた。

「確かに、経緯はどうあれ雪峰が私の授けた勾玉を潰し、祟り神に堕ちかけ、私に刃向かったのは事実だね」

「っ！」

「そういうわけで雪峰。お前には、瀧ヶ峰領にある残りの〝九頭竜の欠片〟をすべて回収し、完全に浄化するよう命じるよ。もちろんお前だけでね」

なんだそれはと千鈴が声をあげようとするより早く、雪峰のほうを向いた白雪の大山祇は言った。

「ああ、浄化した〝九頭竜の欠片〟は好きにするといいよ。何かに使いたいなら、私への献上品にしなくてもいい」

言いながら白雪の大山祇が雪峰に手を向けると、四つの青白い光が雪峰の首の周囲に灯った。ほら、と言わんばかりに白雪の大山祇は微笑で雪峰に行動を促す。

雪峰は少しばかり神力を撚《よ》って、首にかかる紐《ひも》に変えた。すると青白い光は白い勾玉となり、紐に吊り下がって軽く揺れる。

白雪の大山祇は、雪峰こそ瀧ヶ峰領の地主神であると再び認めたのだ。

「……御意」

神々がざわつく中、雪峰は白雪の大山祇に一礼した。

それは、罰になるのか。〝九頭竜の欠片〟の回収は白雪の大山祇が通達するまで、当時の瀧ヶ峰領の地主神がおこなっていた事業なのだ。中断していた事業をやっと再開しただけと言える。

しかし千鈴が火守から教わった話では、足よりも呪詛《じゅそ》が強く残っている九頭竜の頭部はすべて、今も瀧ヶ峰領に埋まったままなのだ。頭部以外にもいくつかあるという。

それらをすべて雪峰だけで回収し、さらには完全な浄化もせよというのだから、雪峰であっても容易ではないことは千鈴にも想像がつく。ならばやはり、罰と呼んでいいのだろう。

だが、雪峰の失脚を望む宵霧が黙っているはずもない。

「大山祇！　それはあまりにも罰が軽すぎではありませぬか？　雪峰は貴方に敵意を向けたのですぞ！」

「うん。でも誰かが大怪我をしたならともかく、この社が揺らぐ程度は許容範囲内だよ。謝るつもりはないけど、雪峰に己を見失わせたのは私だしね。……それに、これ以上彼に何かしたら、千鈴に殴り飛ばされそうだ」

「……！」

くすくすと笑い、白雪の大山祇は千鈴に視線をよこしてくる。当然と言うべきか千鈴は睨みで返してやるが、彼は意に介さない。

それよりも、と白雪の大山祇は宵霧を改めて見た。

「お前が母親を殺し、私に春裾領の地主神にしてほしいとねだってきたことは別に構わない。そのあと、領地を弱肉強食の地にしたことについても、春裾領の山祇たちが認めるのなら私は何も言わないよ。……でも、こうもあちこちから苦情が増えるなら、話は別だ」

そう言って白雪の大山祇は、今度は宵霧のほうへ手を伸ばした。その手を軽く振った途端、宵霧の首を飾っていた勾玉の紐が引き千切れる。

宵霧が愕然《がくぜん》と目を見開く前で宙を舞った勾玉は、まるで砂のように分解されて宙に溶けた。宵霧の神力の紐からいくつもの派手な色遣いの飾りが落ち、音をたてる。

雪峰とは反対に、宵霧は地主神の地位を剥奪《はくだつ》されたのだ。

「大山祇！　何故」

「宵霧」

宵霧が抗議の声をあげかけると、白雪の大山祇は名を呼んで制止した。

「私の寛容は、私を煩わせない程度なら、なんだよ。お前への苦情もお前からの申したても私を煩わせるのだから、限度を超えている。――――それに」

そこで白雪の大山祇は、一度言葉を切った。

一見すると、穏やかそうな様子だ。あらゆる種族を受け入れる大山脈の懐の大きさと、四季折々に与える様々な恵みの体現のようにも見える。

だが千鈴は、背中にぞわぞわと這《は》うものを感じた。

誰だ、これは。この凍えた気配の神は。

「私は気に入りの玩具《がんぐ》を殺そうとしたものを放っておくほど、心は広くないのだよ」

「……っ！」

「この社から出ていってくれないかな、宵霧。お前の顔をもう見たくないからね。今回は地位の返上で済ませてやるけれど……次はないよ？」

言葉を失う宵霧に、白雪の大山祇は微笑の口元で言った。

これは言霊だ。次に不愉快だと思うことがあればこの男神は間違いなく、躊躇《ためら》うこともなく宵霧を滅ぼすだろう。微笑《ほほえ》みを浮かべすらしているかもしれない。

千鈴はぞっとした。白雪の大山祇は確かに大山脈の頂点なのだと、初めて実感した。

これ以上大山脈の主たる神に逆らうことなど、いくら傍若無人な宵霧であってもできるはずもない。宵霧は踵《きびす》を返すと、ものすごい勢いで千鈴と雪峰の横を通り過ぎていく。

ほどなくして重々しい扉が開き、また閉じられる音が大広間に響き渡った。誰もが無言の中、場の空気がひととき震える。

宵霧の退出を気にしたふうもなく、白雪の大山祇は立ち上がったばかりの千鈴にさて、と顔を向けた。千鈴が身構えるのを見て苦笑する。

「そう構えないでくれないかな、千鈴。お前には詫《わ》びをしてやるのだから」

「別に、要らない。あいつが〝六花の宴《うたげ》〟に来ないなら、雪峰を馬鹿《ばか》にする山祇も妖もいなくなるんだろ」

「うん、まあそうなんだけども」

千鈴がぷいとそっぽを向くと、白雪の大山祇はさも困っているように眉《まゆ》を下げた。

「でも今、私は雪峰とお前をいじめた悪人扱いになっているからね。雪峰には私に刃向かった罰で相殺するとしても、お前には見世物にした詫びをしないと、そこの山祇たちがうるさそうなのだよ」

「はあ？　まさかそんな」

わけないだろと言おうとした千鈴は、白雪の大山祇につられて左右へ首をめぐらせ、言葉を途切れさせた。

何故なら居並ぶ神々が揃《そろ》いも揃って、白雪の大山祇に賛同する表情をしていたのだ。この娘には詫びが与えられてしかるべきだと。千鈴が断っていい空気ではない。

しかし、何を望めばいいのだろう。千鈴は今の生活に満足していて、欲しいものなんて何もないのに。

困った千鈴は、雪峰と御影に助け船を求めた。しかし、二人は無言で千鈴自身の判断を促すばかり。好きにせよ、もしくは俺に聞くなといった心の声が聞こえてくるようだ。

「……瀧ヶ峰にとっていいものなら、何でもいい」

仕方なく、千鈴は雪峰に身を寄せてそう願いを口にした。

ぬけがけのような大神の助力を、雪峰は望まないかもしれない。千鈴が許したとはいえ、白雪の大山祇は雪峰たちを見世物にしたのだ。あれほど激高し、祟り神になりかける一因となったかの神を、雪峰が簡単に許すとは思えない。

それでも、瀧ヶ峰領が千鈴は好きなのだ。雪峰が統べるからというだけではない。四季折々、里それぞれに多様な表情を持つ、千鈴の大切なものたちが生きる地なのである。どうして愛しまずにいられよう。どうしてより豊かにと、大山脈そのものである大神に願わずにいられようか。

白雪の大山祇の眉と唇が少しばかり動いた。それからすぐ頬が緩み、ふわりと柔らかな笑みの形に変わる。

「わかった。少しばかり時間はかかるかもしれないけど、瀧ヶ峰領を豊かにできそうなものを与えよう。……大丈夫、五年以内にやるよ」

そうしてもらわないと困る。この神の『少し』は、千鈴の一生どころではない時間に違いないのだ。

ともかく、これで面倒事はすべて終わった。あとは屋敷へ帰るだけだ。

そのはずだったのだが。

「ああ、それと千鈴」

「？」

まだ何かあるのか。嫌そうに千鈴が見ると、白雪の大山祇は首を少し傾けた。

「他に誰も聞いていなかったとはいえ、夜に八つ当たりでわめくのははしたないよ？　女の子なんだから。箸《はし》も正しく使わないと、あの赤鬼に叱《しか》られるんじゃないかな」

「……」

「あと、〝九頭竜の欠片〟周辺の大地の色も私の趣味ではないよ。わかって言ったと思うけどね」

「……いつも思ってるけど、白雪様が大山脈で一番偉い山祇なのっておかしいよな」

にっこりと笑う白雪の大山祇に、少々険のにじむ目で千鈴は唸るように返した。やっぱりお前か。どうせくすくす笑いでもしていて、気が緩んだのを御影が察知したに決まっている。

このろくでなしをぎゃふんと言わせられたら、今までの人生で一番気分爽快《そうかい》に決まってるのに。千鈴が不穏なことを心の中で呟《つぶや》いているのは、顔を見ればわかりきっているはずだ。千鈴自身、自分の目が据わっている自覚はある。

だというのに、大山脈の主は言うのである。

「心外だな。これでも私は、お前のことをとても気に入っているのだよ」

「……っ」

「雪峰、落ち着け！」

「……本当に大山祇は、雪峰殿もその娘もお気に入りですのね」

不穏な神力を放ちだした雪峰を千鈴が慌てて宥《なだ》める一方、鳥に似た姿の女神の呆れ声が場にこぼれ落ちる。

今度じゃなくて今、その笑顔を一発殴らせろ。

そうさっき願えばよかったと、千鈴は心から後悔した。

雲一つない青空の下、白神川に生ってまもない頃《ころ》に配下とした琳《りん》を泳がせて、どのくらい経ったのか。

琳の背に膝を立てる雪峰は目を凝らし、周囲に感覚を伸ばして、ただ一つのものを見つけだそうとしていた。千鈴も御影も同行していない。雪峰一人だ。

千鈴へ不埒《ふらち》なことをのたまわった白雪の大山祇が去り、茶番が本当に終わったあと。雪峰は御影に千鈴を任せて、先に帰らせていた。できるなら二人きりにさせたくなかったのだが、白雪の大山祇の社から瀧ヶ峰領までは遠く、千鈴を一人で帰すことはできない。不本意であるが、千鈴の安全を最優先にするしかなかった。

風が耳元で騒がしく鳴いているが、雪峰は煩わしく感じなかった。意識はそちらに向いていないのだ。この大空のどこかにいるはずのものを、必ず見つけてみせる。雪峰はただ、それだけを考えていた。

意識を凝らしているうちに、途切れ途切れで痕跡《こんせき》が残っていた神力の気配を、雪峰ははるか遠くに察知した。

覚えてしまった、強大な神力――宵霧の気配。

雪峰は目を鋭くした。

「琳、あちらへ向かえ」

神力で鉾《ほこ》を生み、雪峰は向かうべき方角を示した。琳は主が命じるまま、身をくねらせ、方向を転じる。

山を下り続けているとやがて万年雪が薄くなっていき、丈の低い草花が姿を見せるようになった。遠くでは万年雪が完全に失せ、豊かな森が姿を現している。

直轄領の境界まで来たのだ。この積もる万年雪の向こうは瀧ヶ峰領になる。

宵霧の気配は、直轄領から瀧ヶ峰領へ侵入してさらに南東へ向かっている。地主神ではなくなった今、宵霧が瀧ヶ峰領へ侵入するのは自由だ。だから春裾領へ戻るために、瀧ヶ峰領の端を横切って近道をしようとしているのだろう。

もう己の領地ではなくなった地へ戻ろうとする理由に興味はないが、地位を剥奪されてなお、瀧ヶ峰領を己のために踏み荒らそうとする図々しさには怒りを禁じえない。雪峰の目に、怒りが宿った。

琳が速度を上げて、いくらかした頃。絶壁が白神川の支流を囲む谷間で、雪峰の前方に空を飛ぶ鳥の妖の姿が見えてきた。背には、胡坐《あぐら》をかいて座る人影がある。

その、袖《そで》を断ち落としたけばけばしい色遣いの衣。宵霧のものに違いない。

だが雪峰は、ただちに宵霧のもとへ駆けこもうとはしなかった。ここからそう離れていないところに、天狗《てんぐ》族の里があるのだ。万一宵霧が暴れたりしてそちらに被害が及ぶのは、雪峰の望むところではない。

だから雪峰は己の気配を極限まで隠し、宵霧を見失わないよう下方から追いかけて、好機を待った。

ほどなくして、真っ二つに砕けた巨石とその破片が散らばる、変色した大地が見えてきた。その近くを、白神川の上流から分岐した取無川《とりなしがわ》が流れている。

つまり、周囲に里はない。領民の被害を気にしなくていいのだ。

「……」

雪峰はひそかに神力で綺羅《きら》にまたがった千鈴の幻影を生むと、あの神を惑わせよと念じた。

すると、幻影は緩く雪峰の前を歩き回ってから走りだす。雪峰の意を汲《く》んで空をゆっくりと駆け、さも今追いついてきたかのように宵霧の前を横切っていく。

たちまち、宵霧の身から怒りの気配がにじみ出てきた。憎悪と言っていいそれは周囲を震わせ、雪峰を不愉快にさせる。

宵霧は鳥の妖を一層駆けさせた。混ざりあう怒気と神気が増していく。

かかった。

成功を確信し、雪峰は、静かに琳を上昇させた。

よほど頭に血が上っているのか、宵霧は近づいてくる雪峰に気づかない。鳥の妖もだ。眼前を駆けるものの正体を疑う様子も見せず、ただただ追っている。

そして、ある程度まで近づいたところで、宵霧は手のひらに集めた神力を幻影めがけて放った。

宵霧の神力が直撃し、幻影は失せた。宵霧は大きく目を見開く。

「愚か者が。現実と幻影の区別もつかぬのか」

「――――っ？」

思わず雪峰が吐き捨て我が身を現すと、ぎょっとした顔で宵霧は振り返った。何故ここに、と心底の驚きが見える。

それも、一瞬にして別の感情で塗り潰《つぶ》された。

「お前の仕業か雪峰ぇっ！」

憎悪をたぎらせ、宵霧は吼《ほ》えた。雪峰に強大な神力を向けてくる。

だがもう遅い。雪峰は鉾を振るった。

雪峰の鉾は宵霧が神力を放つより早く、宵霧の胸元を裂いた。何にも飾られていない宵霧の胸元から、鮮血がほとばしる。

「……っ！」

宵霧は己の胸元を抑えてあえいだ。痛みから逃れようとするように、肩を大きく上下させる。

雪峰が激痛にもだえる宵霧を冷ややかに眺めていると、気づいた宵霧は雪峰を睨みつけてきた。

「雪峰、何故俺を殺さない……っ！」

「何故、私がそなたを殺さなければならぬのだ」

宵霧がうなるように問うと、つまらないことを聞くなと言外に色をにじませ、雪峰は返した。

「そなたは己の神力だけでなく地主神の地位もふりかざし、一部のものだけに利益を与えることで春裾領の山祇や妖を従わせていたのであろう？　ならばそなたを恨むものは数知れず、死を望むものは大勢いよう。春裾領のものらがそなたにいずれ裁きを下すであろうに、私が手を下す必要がどこにある」

「……っ！」

「私はただ、そなたが千鈴を襲ったことを許すことはできぬから、多少なりとも償わせせんとしたまで。そうでなくては、そなたを追跡などせぬわ」

血まみれの胸元を押さえて目を剥《む》く宵霧に、雪峰は冷えた声で吐き捨てた。

大山脈で地主神に従う多くの神や妖は、住まう山々の地主神を格別の存在と考えている。ただしそれは、領内に秩序と平和をもたらしてこそだ。自分たちを苦しめる疫病神に一体誰が敬意を払い、社で祀《まつ》るというのか。

非道の限りを尽くしてきた宵霧とその取り巻きたちを、春裾領の善良な領民たちが憎まないわけがないのだ。宵霧が地位を剥奪されたと知れば、長年の恨みを晴らすために立ち上がるはず。白雪の大山祇の不興を買い、他の地主神からも嫌悪されている宵霧に、大山脈で安住の地は存在しない。

「――――ただし」

そう口にした瞬間、雪峰の表情とまとう空気は一変した。ひゅんと音を鳴らし、鉾を宵霧に向ける。

「今後も我が巫女にその力を向け、我が瀧ヶ峰に災いをなそうとするのであれば、そのときは容赦せぬ。大山祇が手を下す前に、私がそなたの存在をこの世から消し去ってくれよう」

冷たく、重く、鋭く。秘めていた憤怒を表情に、己の神力をまとう空気にあえて混ぜ、地主神の威厳で雪峰は宣言した。

宵霧の顔から、流血によるもの以上の速さで血の気が引いていった。全身が硬直し、小刻みに震え、瞳に明確な恐怖が浮かぶ。

その感情を否定する怒りや憎悪は顔に表れず、行動にも移さないままだ。

雪峰に屈服したのは、宵霧を乗せる妖だけではない。宵霧自身もまた、眼前の水神に勝つことはできないと御魂《みたま》で悟ったのだ。

そう理解した瞬間、雪峰の怒りは失せた。

「大山脈から去るがいい、宵霧。己と他者の憎悪が、そなたを食いつくす前に」

神力の鉾を消し、雪峰は命じるような淡々とした響きで宵霧に告げた。

雪峰からの指示を待たず琳は身をひるがえし、空を泳ぎだした。長いひれが風を受け、悠然となびく。

背後から襲われる心配は、わずかもしていなかった。そんなことをする思考は今の宵霧にないと、雪峰は疑わなかったのだ。

実際、雪峰が背中を見せていても宵霧は追ってこない。八つ当たりの一撃すらよこさず、雪峰が去っていくのを黙認している。

そう、どこにでもいる神のように。

「────っ」

遠ざかりゆく後方から、獣のような咆哮《ほうこう》が聞こえた。怒り、憎しみ、嘆き、失望。様々な負の感情がにじんだそれは、力の波動と共に大気を震わせ、雪峰のもとまで届く。

それでも、宵霧がこのあとどうするのか、雪峰は興味を抱けなかった。

春裾領の主であることにこだわり、いずれ白雪の大山祇に選ばれる新たな地主神を認めないのならそうすればいい。大山脈を去り、どこぞの地主神から領地を奪っても知ったことではない。千鈴と瀧ヶ峰領に災いをもたらすなら、先ほどの言葉を違《たが》えず滅ぼしてやろう。

あれはもう、今まで雪峰を煩わせていた隣領の地主神ではない。ただの神だ。そのようなつまらない存在にいつまでも意識と時間を割いてやる優しさは、雪峰にはない。

だから雪峰は、地位を剥奪された神について考えることをやめた。己の帰りを待っている、愛しい存在に想いを馳《は》せる。

やがて、雪峰にとって馴染《なじ》んだ景色が広がった。

起伏に富んだ山の斜面を、時にまっすぐ、時に曲がりくねり、時に滝から落ちながら流れる長大な川。

白神川。大山脈の最高峰の湧き水や雪解け水、雨水を抱いて海へと流す、雪峰の根源たる水の流れ。

板塀に囲まれた屋敷が見えてきて、琳はゆっくりと庭園へ下りた。雪峰は琳の背から下りる。

「雪峰！」

声と共に、私室から千鈴が素足で飛びだしてきた。乱れてしまっていた礼装は脱ぎ、口紅も落として、普段着に着替えている。

「おかえり、雪峰！」

「ああ、今帰った」

満面の笑顔で胸に飛びこんでくる千鈴を腕の中に収め、雪峰は安堵《あんど》の長い息を吐いた。在るべきものがやっと手元に戻ってきたような、帰るべき場所に辿り着いたような心地だった。

腕に抱いた身体はしなやかで無駄一つなく、それでいて性別に応じた丸みを帯び、初めて抱き上げてやった頃の名残はどこにもない。当たり前だ。千鈴は人の子なのである。神にとって十年は大した長さではないが、人間なら幼子が年頃《としごろ》の娘へと成長する時間なのだ。

それほどの月日が過ぎても、千鈴はあの日と変わらず、雪峰を求めている。他の誰でもなく、雪峰と共に生きることを望んでいる。

それが、どれほどこの胸を満たすか。幸福で震わせることか。

疑う必要などない。恐れることもない。千鈴は己の命を懸けて、恋しいのだと想いを伝えてくれた。

雪峰は千鈴を信じていればいいのだ。

この娘はどこへも行かない。――行かせてなるものか。

誰にもこの娘を渡すものか。私の千鈴だ。

「どうか、命尽きるまで私と共に生きてくれ。私の愛しい巫女」

雪峰はささやき、千鈴の目尻《めじり》に唇を寄せる。そうして頭ごと千鈴を抱きかかえた。

終章

狭い掛け物の中、眠りから覚めた千鈴《ちすず》は目を瞬《まばた》かせた。

はっきりしてくる視界に映るのは、白い衣。そして優美な男の寝顔だ。滝の音や小鳥の鳴き声、男の寝息が、彩りとばかりに千鈴の耳を刺激する。

雪峰《ゆきみね》だ。雪峰がひと月ぶりに帰ってきたのだ。

ぼんやりとしていた千鈴の意識は急速に浮上した。それでもまだはっきりとはいかないが、雪峰がいつのまにか帰ってきていたのだということは認識する。喜びがじわりと心の底から湧《わ》き、全身を浸していく。

白雪《しらゆき》の大山祇《やまつみ》の社《やしろ》で裁きを受けた翌日から、雪峰は火守《ひもり》たち側近にあとのことを任せ、〝九頭竜の欠片《かけら》〟の回収作業を始めた。事情を聞いた火守は渋い顔をしていたが、白雪の大山祇から命じられたと言われては、反対できるはずもない。また裁決や陳情がこっちにくると遠い目をする横顔は、実に哀愁が漂っていた。

千鈴が雪峰と最後に話をしたのは、雪峰が〝九頭竜の欠片〟の一つを回収した直後だ。そのときに滝壺《たきつぼ》御殿へ戻らず浄化作業を始めると聞いて以来、彼の声を聞けていない。心配だったが浄化作業の邪魔をするわけにはいかず、さみしさと不安を抑え、千鈴は毎日を過ごしていた。

千鈴は頬《ほお》を緩ませ、雪峰の寝顔に見入った。起きたときにこの腕の中なのはやっぱりいいな、と締まらない表情で幸福を噛《か》みしめる。

けれど意識がはっきりしてくるにつれ、仕事に行かないと、という義務感が千鈴に起床を促すのだ。雪峰と一緒にいたから遅れたなんて、甘ったれた言い訳はしたくない。始業までに行かなければ。

なので、千鈴はそっと雪峰の腕から出ようとした。が、今日《きょう》はいつになくしっかり抱きかかえられていて、どうにも逃げられない。押しても引いても、がっちり絡みつく腕や足はちっとも千鈴を解放してくれないのだ。

実は起きているのかと疑ってそろりと顔を見ても、麗しい寝顔は変わらず、呼吸も眠る者のそれだ。狸《たぬき》寝入りを決めこんでいるようには思えない。

しばらく悪戦苦闘して、千鈴は気遣うことを諦《あきら》めた。起こしたくはないのだが、千鈴にも事情がある。

「雪峰……そろそろ起きろ。もう朝だぞ」

千鈴は自由にできる範囲で腕を動かし、どうにか眼前の寝間着の胸元を掴《つか》んで揺さぶって、雪峰を起こしにかかった。

しばらくして、雪峰の呼吸の仕方が変わった。首を小さく動かし、瞬きを繰り返しているうち、やがて青緑の目の焦点が千鈴に定まる。

それから、とろけるような笑みを浮かべた。

「おはよう千鈴」

「おはよう雪峰。それと、おかえり。起きたばかりで悪いけど、そろそろ放してくれないか？」

千鈴がそう遠慮がちに頼むと、雪峰は少し顔をしかめた。

「もうしばらく、このままでもよかろう」

「でも朝だし。早く朝御飯の用意しないと」

「気にする必要はない。昨夜、滝壺御殿へ寄って、昼まで来るなと火守には言っておいた。だからあやつを気にせずともよい」

と、雪峰は千鈴を抱きしめる。昼まで千鈴を抱き枕《まくら》にしていたいらしい。

千鈴は悩んだ。雪峰がこんなにも一緒にいたいと求めてくれているのだ。千鈴だって、雪峰と久しぶりにのんびりしたい。朝食を食べてから昼まで二人でだらだらしたい、という誘惑に駆られる。

けれど、仕事で雪峰の役にたつと決めたのだ。遅刻して仕事仲間たちに白い目で見られ、嫌みを言われたくもない。

だから千鈴は、しっかりしろと自分に活を入れた。

「私も雪峰ともう少しこうしてたいけど……でも、そろそろ朝御飯を作りたいし、仕事にも遅れずに行きたいんだ」

「……………ならば仕方ないな」

千鈴が素直に理由を述べると、雪峰は不満そうな様子を見せながらも千鈴を抱きしめ、ようやく解放する。あっさり放してくれることもあるが、まったく、毎回同じようなやりとりでよく飽きないものである。

千鈴が立ち上がると、雪峰もそれに続いた。千鈴が掛け物をたたんで物入れへしまうあいだに、雪峰は縁側の戸を開けて外気と光を取りこむ。淡い光をまとい、装束に変えていく。

千鈴は雪峰を振り返った。

「雪峰。今日はまた、〝九頭竜の欠片〟を回収しに行くのか？」

「いや、秋まで間をおく。これ以上陳情と裁決を溜《た》めこむなと、火守がうるさい」

「！」

では、しばらくは一緒にいられるのだ。一人寝の日々がまた続くのかと思っていた千鈴は、顔を輝かせた。ぱたぱたと雪峰に駆け寄る。

「じゃあ雪峰、私の非番の日になったら、どこかへ出かけよう。里かどこかに」

「そうだな。二人で出かけよう」

「うん！」

千鈴は満面の笑みで頷《うなず》き、雪峰に抱きついた。

非番の日になったら、どこへ行こう。赤坂《あかさか》の里もいいけれど、他《ほか》の里も行きたい。滝壺御殿にいた頃《ころ》、連れていってもらったきりのところはたくさんあるのだ。誰もいないところで何もせず二人寄り添っているのも、きっと幸せな気持ちになれる。

秋までに行きたい場所へ行けなかったら、次に雪峰が帰ってきてから行けばいい。そのときも無理なら、来年にでも。二人きりで出かける機会はいくらでもある。

早く非番の日になればいいのに。雪峰の腕の中で千鈴は願った。

そうして、雪峰から離れた千鈴は上機嫌で着替えを始める。頭の中は非番の日に何をしようかという期待と想像でいっぱいだ。

しかし。

「千鈴、雪峰はいるか」

朝の現実の極みと言うべき声が、板戸の向こうから聞こえてきた。火守だ。

「うん、いるぞ」

いつものように、千鈴は声を張って返事をした。今日も朝早くから急ぎの仕事なんて大変だなあ、と火守に軽く同情する。

だがその直後、千鈴は自分がちょうど寝間着の帯を解いたところだったことに気づいた。

ついでに言うなら、几帳《きちょう》で目隠しもしていない。

雪峰が止める間もなく、私室の戸が開いた。千鈴はあらわになった胸元を隠すこともできず、火守、そして珍しく火守についてきていた御影《みかげ》と対面することになる。

あ、と声をあげるだけなのは千鈴一人だった。

「千鈴！」

男たちの三者三様の大声が、屋敷の母屋に響き渡った。

〈了〉

あとがき

はじめまして、星霄華です。

このたび、一迅社文庫アイリス様でデビューさせていただけることになりました。本作を手にとってくださり、ありがとうございます。

本作は、鈍くて一途な男装少女・千鈴と、過保護でぐうたらな水神・雪峰のすれ違いを主軸とした和風ファンタジーです。相手が大事なのにあと一歩で噛み合わない二人のもどかしい距離感と少々残念なところに、にやにやし、つっこみ、はらはらしてもらえたらなによりです。

あと、書くほどに想像がふくらみ、愛着が増していった脇役たちにも是非ご注目ください。

最後になりましたが。イラストが届くたびに悶絶させてくださったイラストレーターの由貴海里様、いたらないところを指摘し作品をよりよいものにと指導してくださった担当様、その他出版に関わった皆様に、心から感謝を申し上げます。

それでは。また読者の皆様とお会いできることを願って――。

IRIS ICHIJINSHA

溺《おぼ》れる神《かみ》の愛《あい》し方《かた》
生贄《いけにえ》の巫女《みこ》は白《しろ》き水《みず》に囲《かこ》われる

2022年12月1日　初版発行

著　者■星 霄華

発行者■野内雅宏

発行所■株式会社一迅社
〒160-0022
東京都新宿区新宿3-1-13
京王新宿追分ビル5F
電話03-5312-7432(編集)
電話03-5312-6150(販売)

発売元：株式会社講談社
(講談社・一迅社)

印刷所・製本■大日本印刷株式会社

ＤＴＰ■株式会社三協美術

装　幀■今村奈緒美

ISBN978-4-7580-9508-2

この本を読んでのご意見
ご感想などをお寄せください。

おたよりの宛て先

〒160-0022
東京都新宿区新宿3-1-13
京王新宿追分ビル5F
株式会社一迅社　ノベル編集部
星《せい》 霄《しょう》 華《か》 先生・由貴海里《ゆきかいり》 先生